一、龙鱼

红 龙（许金梁供图）

血红龙（许金梁供图）

一号半红龙

过背金龙（许金梁供图）

蓝底细框过背金龙

金 龙

红尾金龙幼鱼

青 龙（许金梁供图）

黄尾龙（许金梁供图）

银 龙（许金梁供图）

澳洲星斑龙（许金梁供图）

白化红龙

雪银龙

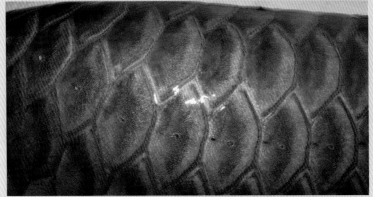
龙鱼鳞片（许金梁供图）

刚孵化的幼龙

龙鱼水草缸

含卵的龙鱼

二、可与龙鱼搭配饲养的观赏鱼

战 船

红尾鲇

虎皮鸭嘴

尖嘴鳄

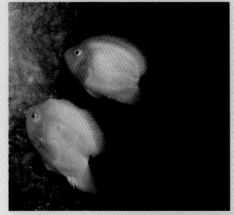

血鹦鹉

花罗汉

泰国鲫

东洋刀

非洲十间

龙鱼

的饲养与观赏

◎ 刘洪声　编著

上海科学技术出版社

图书在版编目（CIP）数据

龙鱼的饲养与观赏 / 刘洪声编著. —上海：上海科学
技术出版社，2006.5
 ISBN 7-5323-8414-4

Ⅰ.龙... Ⅱ.刘... Ⅲ.观赏鱼类-鱼类养殖
Ⅳ. S965.8

中国版本图书馆CIP数据核字(2006)第024545号

上海世纪出版股份有限公司
上海科学技术出版社 出版、发行
（上海钦州南路71号　邮政编码200235）
新华书店上海发行所经销
上海市美术印刷厂印刷
开本850×1168　1/32　印张3.875　插页4
字数100 000
2006年5月第1版
2006年5月第1次印刷
印数1-4 300
定价：14.00元

本书如有缺页、错装或坏损等严重质量问题，
请向工厂联系调换

前　言

亢龙有悔,何谓也? 子曰:"贵而无位,高而无民,贤人在下而无辅,是以动而有悔也。"

龙,一个跨越千年的神话。中国,乃至整个东南亚,龙自古以来几乎就是皇帝的代名词,凡人不敢越雷池一步,是那么的抽象和高不可攀。人们对龙的理解是在雕梁画栋的屋脊,高大庙堂的墙壁,古典的书籍,以及戏台上的龙袍中。但龙又是那么根深蒂固地活在我们的生活中,看龙灯、赛龙船、龙凤呈祥,以至于所有的喜庆活动都会与龙挂上钩。这虚幻的动物似乎无时不游动在我们的身边。龙鱼的出现给了人们一个机会,把幻境变成现实,让人们能够拥有一条"活龙",一睹"真龙"的风采。

龙鱼一出现就赢得了众多人的青睐。由于它酷似龙的外形,迎合了亚洲人对龙的崇拜,其活灵活现的身姿就游进了人们的住宅,在东南亚一带更是成为了风水鱼和镇宅的宝贝。当你站在龙鱼面前的时候,你会感到一种震撼的美,那不是矫揉造作的美,而是一种矫健、庄严、华丽、浑然天成的美,犹如看到了皇帝宝座上的蟠龙,令人肃然起敬,难怪很多人竭尽全力希望得到一尾上好的龙鱼。但这对东南亚的龙鱼而言可不是好运，犹如人们热衷象牙和犀角一样，这带给龙鱼的是灭顶之灾，红龙几乎被捕捞殆尽。1980年订立《华盛顿公约》使龙鱼躲过一劫，之后有识之士将龙鱼人工繁育成功，才真正保护了野生的龙鱼。

目前我国龙鱼市场逐渐打开，饲养龙鱼的人逐渐增多。如何购买和饲养龙鱼，对国内人来讲还是比较陌生的，其他获得龙鱼相关知识的途径更是少之又少。承蒙不弃，应上海科学技术出版社之约，根据笔者从事观赏鱼养殖工作的多年实践经验，同时参考了大量的国内外书籍，将相关问题整理成籍，出版此书。

本书包括了龙鱼的种类、选购、饲养、繁殖、疾病、观赏等内容，并针对常出现的问题作了解答，较适合作为家庭饲养龙鱼的参考书。希望本书能对爱好龙鱼的朋友有所帮助，能让龙鱼游进千家万户，为万家带来福瑞祥和！

由于本人水平有限，书中肯定存在一些疏失和遗漏，不当之处，敬请读者指正。

感谢提供帮助的各界人士，感谢北京海洋馆和上海科学技术出版社的大力支持，特别感谢上海的许金梁先生为本书提供了精美的图片。在本书的编著过程中，研究和参考了国内外大量书刊、音像和网站的相关资料，在此对有关专家、作者、站长、版主和机构一并致谢。

刘洪声

2006 年 2 月于北京海洋馆

目　录

一、概　　述

龙鱼又称龙吐珠、银带等，生活于亚洲、美洲、大洋洲及非洲的淡水水域。龙鱼属硬骨鱼纲、辐鳍亚纲、真骨下纲、骨舌鱼目、骨舌鱼科，原产地称之为 Arowana，是西班牙语"长舌"的意思。

龙鱼是一种古老的鱼种，被称作"活化石"，这种鱼至少在地球上存在了三亿多年，三亿四千五百万年前龙鱼家族便已经活跃在冈瓦纳大陆水域之中。随着冈瓦纳大陆的分裂和漂移，龙鱼家族也四分五裂，分布在现在的美洲、亚洲、大洋洲和非洲大陆的淡水水域中。由于地域的差别，龙鱼在形态上出现了一些区别，但其共同特点却非常醒目，如巨大的鳞片、头部的构造等，这些特征上亿年也没有大的改变。而且，各个大陆上龙鱼生活的水域也很相似。

龙鱼之所以被冠以"活化石"的称谓，并不完全是因为其出现年代的关系，事实上在生物学分类上它已经属于最进化的真骨下纲，而大多数软骨鱼类在分类上较其更为原始。它之所以古老的原因，是在其身上保存有许多原始鱼类才具有的解剖学特征，其中最明显的就是口部的构造。龙鱼虽然古老，但并不等于它是原始低级的。相反，龙鱼能成功地存活到现在，已经进化得非常出色，例如其用口孵育后代的方式，就很好地保证了后代的成活率。龙鱼还可以从水中准确地判断树枝上猎物的位置，跃出水面将其擒获，这表明龙鱼具有发达的神经系统。

龙鱼根据产地分为亚洲龙鱼、美洲龙鱼、澳洲龙鱼（产于澳大利亚的龙鱼）和非洲龙鱼四类。亚洲龙鱼的踪迹遍布东南亚的各个淡水水系，在印度尼西亚、马来西亚、缅甸、泰国等地都有分布。亚洲龙鱼又分为红龙、金龙、青龙、红尾金龙等。其中红龙颜色艳丽,具有亚洲人心目中代表喜庆的红色,非常受欢迎。红龙主要产自印度尼西亚的加里曼丹岛西部,大多栖息于印度尼西亚卡普阿斯(Kapuas)河及其支流森塔伦(Sentarum)河中。卡普阿斯河位于赤道附近,上游的冲积平原遍布季节性湖泊、淡水沼泽与森林湿地。当地的湖水呈黑色,弱酸性,这主要是因为河水中含有单宁酸和缺乏矿物质。

美洲龙鱼可分为银龙和黑龙,均产自亚马孙河流域。由于流域覆盖着广阔的原始森林,森林中大量的腐殖质流入了河流,使河水成为酸性。早期银龙只是当地的食用鱼,1935年引入美国,1955年引入日本,并在日本人工繁殖成功。

澳洲龙鱼分为澳洲星斑龙和条纹澳洲星斑龙。澳洲星斑龙产自温暖湿润的澳大利亚东部沿海,而条纹澳洲星斑龙产自潮湿炎热的澳大利亚北部。

非洲龙鱼分布于尼罗河上游,可在塞内加尔、尼日尔、赞比亚及乍得等国家的河流中找到其踪迹。通常生活于水深1米的地方。分布的环境约在北纬18°至南纬22°之间,这里属热带气候。

龙鱼尤其被亚洲人喜爱,因为亚洲的中国、日本、韩国等国家,有着传统的龙文化,特别是我们中国人,自称"龙的传人",龙文化更是随处可见,建筑物上常有龙的形象,喜庆婚宴要写"龙凤呈祥"……20世纪龙鱼才在水族界出现,但却迅速在华人市场上掀起一阵风潮。其实龙鱼在50多年前还是原产地居民的食物来源,因传说亚洲龙鱼是古代祥龙的化身而取之饲养。龙鱼外形酷似龙的形象,因此,人们有意将龙鱼与"龙"的概念混淆,将龙鱼视为龙的化身,作为"风水鱼",成为镇宅、避邪的宝物,因此而深受亚洲国家人民的喜爱。由于亚洲人对于红色的偏好,印度尼西亚产的红龙自然成为抢手货,以至于红龙被过度捕捞,濒临灭绝。1980年《华盛顿公约》(即《濒危野生动植物种国际贸易公约》)将红龙列为濒临灭绝的保护动物,禁止在野生栖息地捕捞,这使个人饲养龙鱼成为一种梦想。1989年《华盛顿公约》组织在瑞士洛桑召开第七次会员大会,给予印度尼西亚限量的龙鱼输出配额,但输出的配额在 1 500 尾以下,直到 1992 年才增加到 2 500 尾。《华盛顿公约》组织 1992 年在日本京都召开第八次会员大会,会中继续给予印度尼西亚亚洲龙鱼限量的输出配额,其输出配额在 1993 年约为 3 000 尾,1994 年为 4 000 尾。这些有限量的输出配额来自于印度尼西亚一家亚洲龙鱼鱼场所繁殖出的第二代龙鱼,其中并不包括野生个体。而印度尼西亚从 1990 年至 1994 年经《华盛顿公约》组织准许的输出配额大部分均输往日本,以作为观赏鱼。《华盛顿公约》组织于 1994 年在美国的佛罗里达州召开第九次会员大会,在此大会期间,印度尼西亚主动要求取消限量配额。而在 1994 年 8 月 25 日,新加坡彩虹鱼场及马来西亚祥龙鱼场向《华盛顿公约》组织申请注册,获准在本国销售和外销繁殖出的第三代及其后代亚洲龙鱼。一直到 1995 年,印度尼西亚共有 8 家龙鱼繁殖场,马来西亚有 2 家,新加坡有 1 家,总共 11 家亚洲龙鱼繁殖场获准在本国销售和外销他们所繁殖的第三代及其后代亚洲龙鱼。这些可在本国销售及外销的第三代及其后代亚洲龙鱼必须在鱼体达 13～15 厘米时,植入有记号的电子微型晶片,以作为识别身份的记号。现在这些鱼场的龙鱼主要出口到日本和美国。由此可见,要获得一尾红龙实属不易,因此红龙的价格便一路攀升,一尾优质的红龙则更是价值连城。龙鱼可以说是自然界赐予的有生命的古董,因为龙鱼的寿命可以达到 50～100 年,而一尾优质的红龙价值几百万,因此,饲养红龙也成为一种身份和财富的标志,并可作为“传家宝”传于后代。

龙鱼更有着出奇的灵性,很多饲养过龙鱼的人都会与龙鱼建立一种很深的感情。龙鱼不仅认识主人,而且与主人交往亲密,在主人面前轻柔地游动,从主人手中取食;更可爱的是那双明亮的大眼睛,似乎可以表达出它的心声。从智商来讲,亚洲龙鱼最为优秀。据说,有一尾龙鱼的主人想把他的龙鱼送人,那尾龙鱼就不再进食了,送走的那天,龙鱼竟然跳出鱼缸自杀了。由此对龙鱼的灵性可见一斑,难怪人们会把龙鱼与“龙”联系起来,而且如此热衷于饲养龙鱼了。

龙鱼有招来好运、可旺家、宜风水、招财进宝之意,故又称为"风水鱼"、"招财鱼"。东南亚一带国家,争相饲养龙鱼祈福,对于龙鱼的迷信日异扩大,关于龙鱼的传说也就越来越多。近年来随着改革开放,人们的生活水平日益提高,国内饲养龙鱼的人也越来越多,除个人家庭饲养,宾馆、饭店、公司等很多公共场所也会摆上一缸龙鱼作为装饰。由于人们对于龙鱼的特别爱好,使市场龙鱼销售量远远小于供给量,致使龙鱼的价格居高不下。由此,市场也引进了很多价格较低的品种,如银龙、澳洲星斑龙等,以满足龙鱼爱好者的需求。但这些品种的价格也只是较昂贵的红龙低廉而已,要是与其他观赏鱼比较,其价格也是不菲的。龙鱼价格的昂贵大大刺激了鱼场,人们争相开始繁殖龙鱼,成功的虽不多,但市场的主流已被他们占据,目前繁殖较多的龙鱼鱼场还是在马来西亚和新加坡。我国的龙鱼鱼场主要是引进鱼苗培养,规模繁殖正在南方等地逐步开展,相信不久的将来龙鱼有望放下贵族的身价而走进普通老百姓的生活。

二、龙鱼的种类及特征

（一）亚 洲 龙 鱼

1. 红龙

【学名】 *Scleropages formosus*

【英文名】 red arowana

【原产地】 印度尼西亚的苏门答腊岛和加里曼丹岛。

【体长】 60 厘米。

【形态特征】 幼鱼鳞片为银色稍带绿色,有粉红色鳞框,唇和须略带红色,后三鳍(尾鳍、臀鳍、背鳍)为均匀的红色。成鱼体呈金黄色,鳞边带有金红色,嘴及鳃盖均带深红色,各鳍也呈深红色,全身泛着诱人的红光,既艳丽又威严。

【种类及特点】 红龙是龙鱼中最受欢迎的品种,目前在市场上似乎有很多种,称谓可算是龙鱼中最复杂的,如朱血、辣椒、紫艳、紫彤、紫金、五彩、七彩、帝王……实在是让人无所适从。那么红龙到底有多少种,每种之间又有什么差别呢?其实红龙就是红龙,如果一定给它分类的话,目前常用品质的差别将其分为一号红龙、一号半红龙和二号红龙。这仅是品质区分,而非品种差别。

① 一号红龙:品质最好,其特点是全身及鳞片都带有明显的红色,红色越深越艳品质越好。目前流行的辣椒红龙和血红龙就属于一号红龙。

辣椒红龙是红龙中品质最好的,带有深红色的鳃盖,整齐而富于立体感的红色粗框鳞片,从须到尾鳍都是鲜艳的红色,犹如辣椒的颜色,因此得名。由于这种优质红龙很稀少,所以价格最为昂贵。

血红龙是颜色略淡一些优质红龙。鳃盖较辣椒红龙颜色淡一些，细鳞框，整个体色都显得没有辣椒红龙浓烈。

一号红龙在贩卖的时候都会在鳞片下埋有激光防伪标志，作为身份的证明。带有这样标志的红龙幼鱼都具有良好的血统，这是其以后能成为优质红龙的基本因素。但如同赛马冠军的后代不一定也是冠军一样，辣椒红龙的后代也不一定都是"辣椒"。一尾龙鱼以后的发色程度、体形等方面不仅依靠先天的基因，更要靠后天的饲养环境，以及饲养者的饲养方法。那些在幼鱼阶段就确定其是"紫艳"、"紫彤"、"七彩"的幼龙实在不可信。

② 一号半红龙：在水族市场上简称"号半"，也称班扎尔红龙。大多是"混血儿"，是辣椒红龙与黄尾龙或青龙杂交而来，也有像橘红龙这样不太红的红龙。其特点是成年以后只有后三鳍是红色的，但身体上的鳞片不红，可呈金色或黄色，没有光泽，而且没有立体感；也不会有一号红龙那样红色的须和唇。

③ 二号红龙：基本上没有多少红色。鱼鳍呈浅黄色，鳞片为浅黄色或浅粉色，鳃盖没有红斑。黄金红龙、橘红龙就属于二号红龙。由于其价格较便宜，也很受亚洲人的喜爱。其适应力也较强，是初学者的理想对象。这种红龙的幼鱼与一号红龙很相似，如果使用发色的药物饲喂，颜色也可以红彤彤的，容易与一号红龙混淆。但买回去以后很快褪色，无论怎样饲养也不会发出艳丽的红色。

2. 过背金龙

【学名】 *Scleropages formosus*

【英文名】 Malayan bonytongue

【别名】 黄金龙、马来西亚骨舌鱼、马来西亚金龙、布奇美拉金、太平金、柔佛金。

【原产地】 马来西亚。

【体长】 60 厘米。

【形态特征】 身体较修长，头尖，下颚银亮，全身长满金色的鳞片。所谓过背,就是金色的鳞片好像从身体一侧越过脊背到了另一侧,而且随着年龄的增长鳞片的颜色会逐渐加深。鳞片底色多见紫色,少见的有蓝色、绿色、金色。过背金龙的背鳍、尾鳍和臀鳍为金黄色略带浅粉色的边,胸鳍为浅粉色,主鳍骨为较亮的金黄色。

【适宜水质】 中性水质。适宜水温 24~28 ℃。

【特点】 过背金龙目前分为古典型与改良型 2 种。古典型过背金龙体长在 15 厘米左右时,背部、背鳍、尾鳍上 1/3 部位会呈现较深的黑褐色,第一鳞框则表现出较细的黄金色泽,鳞底泛浅蓝光泽且层次分明,背鳍下方小鳞片会有部分金色鳞框表现,称为小珠鳞,亮鳞会到第五排。改良型过背金龙在体长 15 厘米左右时,背部、背鳍、尾鳍上 1/3 部位颜色较淡,亮鳞到第五排,甚至还会到达背部,鳞片可以明显看出第一鳞框与第二鳞框,体色较洁净且泛蓝色光泽。

3. 红尾金龙

【学名】 *Scleropages formosus*

【英文名】 red tail golden arowana

【别名】 宝石龙、苏门答腊金龙。

【原产地】 加里曼丹、苏门答腊岛。

【体长】 60~90 厘米。

【形态特征】 体形外观与金龙相似,有金黄色的鳞片,鳃盖也呈金黄色。但是背部呈墨绿色,背鳍和尾鳍的上半部分也是墨绿色,腹鳍、臀鳍和尾鳍的下半部分为暗红或橙红色,金色的鳞片只能达到第四排,这些特征与过背金龙有所区别。红尾金龙的幼鱼身体为蓝绿色,胸鳍、腹鳍呈粉红色或橙黄色,鳍尖为金黄色,臀鳍呈淡橘红色,尾鳍较红,因此会被误以为是红龙。这种龙鱼也有蓝、金、青等不同的底色。

【适宜水质】 中性水质。适宜水温 24~28 ℃。

【习性】 肉食性鱼,表层活动。性格较温和,喜欢与人亲近。

【繁殖】 口孵型,人工繁殖比较困难,需大水体。一次产卵

40～300 粒。由雄鱼含在口中负责孵化。

【特点】 红尾金龙虽没有过背金龙或红龙那样富丽堂皇、耀眼夺目，但也非常美艳动人，同时兼有一些金龙和红龙的特征，又容易饲养，可以给想养好龙鱼的爱好者过把瘾。红尾金龙在东南亚和其他国家的鱼场都有成功的繁殖，是各种红龙中数量最多的一种，所以价格相对低廉许多，是一种物美价廉的品种。

4. 青龙

【学名】 *Scleropages formosus*

【英文名】 green arowana

【别名】 青金龙。

【原产地】 泰国、马来西亚、越南、缅甸等水域。

【体长】 60 厘米。

【形态特征】 大部分青龙的体色为银灰色，并混合有绿、黄 2 种色调。尾鳍为深蓝绿色或呈紫色。其鳞片的核心处也有不同的变化，如绿底、蓝底。优质的青龙底色为紫底，全身为绿色，第四、第五排鳞片闪耀蓝色光泽。与其他亚洲龙鱼比较，青龙的头较圆。

【适宜水质】 弱酸性至中性水。适宜水温 24～30 ℃。

【习性】 肉食性鱼，表层活动。性格较温和。

【特点】 青龙在东南亚各国的水域中分布较广，除黄尾龙以外，青龙的价格是最低廉的。但是很多龙鱼迷依然很喜欢饲养青龙。在日本学生中很流行饲养青龙。青龙以其价格低廉、易于饲养的特点成为龙鱼入门的基础鱼种。

5. 黄尾龙

【学名】 *Scleropages formosus*

【英文名】 yellow tail arowana

【别名】 黄龙鱼、黄尾龙鱼。

【产地】 东南亚各水域。

【特征】 成鱼各鳍都是黄色的，故而得名，与青金龙一起称作亚洲青龙。体形与红龙相似,幼鱼各鳍带有粉红色,随着成长而逐渐消失。因为鳞片的色泽没有红尾金龙漂亮,所以没有多少商业价值,各鱼场培育此鱼只是用以和超级红龙杂交,以便培养出一号半红龙。

(二)美洲龙鱼

1. 银龙

【学名】 *Osteoglossum bicirrohomus*

【英文名】 silver arowana

【别名】 银带、双须骨舌鱼、龙吐珠、银船大刀。

【原产地】 亚马孙河及圭亚那。

【体长】 1米。

【形态特征】 身体极侧扁,有些像带鱼的样子,故也称银带。头尖,眼大,有1对巨大的银色鳃盖,口内牙齿尖利,下颌有1对短须向前平伸。背鳍与臀鳍延长,尾鳍小,胸鳍如镰刀形,向两侧平伸,从上俯瞰状如翅膀。体侧有7排鳞,鳞片巨大,基色为银白色,并带有粉色、钴蓝色、蓝色、青色等条纹,游动起来熠熠生辉,十分美观。幼鱼各鳍带有粉色的花纹,鳞片的花纹更明显,成鱼花纹逐渐褪掉,基本呈银白色。

【适宜水质】 中性水质。适宜水温27~28℃。

【习性】 独居或群居都可以,是一种比较好相处的鱼,但繁殖期会互相厮杀,直至剩下1对鱼为止,有时甚至只剩1尾。表层活动,如果鱼俯卧底层要特别注意了,应及时检查是否患病。喜欢跳跃,经常会因为捕食而跃出鱼缸或撞到缸壁。捕食鱼类和昆虫,可喂以小鱼、小虾、肉块或昆虫。

【繁殖】 银龙鱼较易饲养而不易繁殖。雌、雄亲鱼区别主要看腹鳍,尖长者为雄性,雌鱼腹部膨大。雄鱼性成熟要5~6年或以上,雌鱼6~7年或以上,有很强的自己择偶特性。繁殖水质要求呈弱酸性软水,含氧量较高,水温保持在27~28℃。雌、雄亲鱼比为 1：1，择其相亲的配对才易成功。雌鱼产卵几十粒，多的可达 200 余粒。受精卵在亲鱼口中孵化，故其产卵量和孵化率均不高。刚孵出的仔鱼胸腹部处挂着一个卵囊，吸收其中的养分为生，7～10 天后开始觅食，能吃鱼虫等。

【特点】 银龙体质强健，较易饲养，在原产地数量很多，因此价格也较低，是初学者较理想的饲养品种。1929 年被鱼类学家温带理（Vandelli）首先发现。在当地是一种食用鱼。1935 年引入美国，1955 年引入日本。1966 年日本神户的宫田先生在九州阿苏长阳的热带养殖场利用温泉首先人工繁殖成功。但我国市场上所见的还是由南美经过美国转口引进的，人工繁殖的极少。

2. 黑龙

【学名】 *Osteoglossum ferreirai*

【英文名】 black arowana

【别名】 黑龙吐珠。

【原产地】 巴西亚马孙河流域。

【体长】 1 米。

【形态特征】 黑龙外观与银龙很相似，体形基本一致，体色也是银白色，只是背鳍、尾鳍与臀鳍带有明显的黑色花纹，幼鱼极其明显，并有黄色的卵黄囊，故也称黑龙吐珠，观赏性很高。成鱼花纹带有紫色和青色，但因为鳍没有幼鱼舒展，所以色彩并不显著，外观与银龙更为相似。

【适宜水质】 弱酸性水质。适宜水温 27～28 ℃。

【习性】 大型肉食性鱼，习性基本与银龙相似。性情较温和，胆小，易受惊吓，受惊后爱跳跃或在缸中乱撞，造成伤害，需特别注意。

【繁殖】 不易繁殖。

【特点】 黑龙喜弱酸性水，对水质适应能力较弱，不宜饲养，在原产地数量也不多，虽外观与银龙相似，但是一种价高难养的品种，不适合初学者饲养。

（三）澳 洲 龙 鱼

1. 澳洲星斑龙

【学名】 *Scleropages leichardti*

【英文名】 spotted barramundi

【别名】 红神龙。

【原产地】 澳大利亚东部。

【体长】 50厘米。

【形态特征】 体型在龙鱼中是最小的，也是龙鱼中唯一一长有软须的品种，长着八字须。体形类似亚洲龙鱼，但身体不如亚洲龙鱼那么厚实，背部也较亚洲龙鱼弯曲。幼鱼头较小，体侧有红色的斑点，尾鳍、背鳍、臀鳍有金黄色的斑点，十分美观。成鱼鳞片银色带金黄色，背鳍为橄榄青，腹部银白色，各鳍都带有黑边。身上有13排鳞，较亚洲龙鱼多，故鳞片显得比亚洲龙鱼细小。

【适宜水质】 弱酸性至中性水质。饲水的硬度4～7°dH为宜。适宜水温24～28℃。

【习性】 凶猛的肉食性鱼，夜行性，中层鱼。极不合群，同种间争斗很厉害，与其他品种也不能和平相处，能咬伤比自己大很多的鱼。

【繁殖】 可以人工繁殖。

【特点】 澳洲星斑龙体质强健，适应能力极强，很容易饲养，幼鱼又很娇小可爱，十分适合初学者饲养。但这种龙鱼却过于凶猛，从幼鱼起就不能共处，见面就要拼个你死我活，又经常会追咬其他鱼，所以几乎只能单独饲养。这种鱼很受日本中学生的喜爱，因此澳大利亚政府近年来大量放养此鱼，所以数量不会少，可以算是一种价廉物美的品种。

2. 条纹澳洲星斑龙

【学名】 *Scleropages jardini*

【英文名】 northerm barramundi

【别名】 珍珠龙。

【原产地】 澳大利亚北部及新几内亚岛。

【体长】 50厘米。

【形态特征】 体形与澳洲星斑龙大致相同,较小,头尖,花纹有区别,体色为黄金色中带银色,半月形鳞片,鳃盖有少许金边,尾鳍、背鳍有金色斑纹。

【适宜水质】 弱酸性至中性水质。饲水的硬度 4～7°dH 为宜。适宜水温 24～28 ℃。

【习性】 凶猛肉食性鱼,习性大致与澳洲星斑龙相似。

【繁殖】 可人工繁殖。

【特点】 比澳洲星斑龙美观一些,价格也略高。

（四）非洲龙鱼

【学名】 *Heterotis niloticus*

【英文名】 African arowana

【别名】 尼罗河龙鱼。

【原产地】 尼罗河中上游和非洲西部热带地区水域。

【体长】 天然水域中的尼罗河龙鱼可长达 1 米,重 6 千克。在水族箱中可长至 80 厘米。

【形态特征】 外形类似于亚洲及澳洲龙鱼。其吻端到背部位置的轮廓不是直线形的,而是有些弧度。口部较大而不开裂,觅食时才会张开。体色为橄榄色带灰色,而不是黑色。第四、五鳃面的上部是螺旋状的类似于斗鱼科鱼类的呼吸器官。

【习性】 此鱼不吃小鱼而是吃浮游生物,像轮虫、红虫等,是一种滤食性鱼类。这样巨大的鱼吃这么小的东西,很有趣吧!

【特点】 非洲龙鱼是龙鱼中唯一的滤食性鱼,习性与其他龙鱼大不相同。但因为外观不太美观,所以饲养的人不多。

（五）其他龙鱼

1. 白金龙

白金龙是目前被炒得沸沸扬扬的一个新品种，带有一层神秘的色彩。其实，白金龙并不是某一种龙鱼或是某一类龙鱼的名称。但目前对其称呼十分混乱，也大有误导消费者的嫌疑。对于白金龙这个称谓，其实可以被解释为4种意思，这里大致作以下解释，望能给龙鱼爱好者一点帮助。

（1）白化龙鱼：龙鱼中由于基因突变而产生的白化品种。所谓白化品种就是由于生物体体内缺乏某种酶而导致不能合成黑色素，因此表现出白色的特征。这种白化鱼的特征是身体无色或透明，眼睛为红色。简单地说，这种鱼的主要特征就是红眼，水族界也称作真红眼，以区别下面介绍的白色品种。白化个体其实是一种遗传疾病，会造成个体怕光、体质弱、癌症等问题，极难存活。但在观赏鱼中，由于其洁白的颜色而深受人们喜爱，但这种鱼也很难饲养。白化龙鱼可以说是最正宗的白金龙，它可以是红龙、金龙、红尾金龙、青龙等任意一种的白化个体。由于白化，身体不再表现其他颜色，体形又类似，所以很难说清是什么鱼的白化种。但可以肯定的是，这种鱼的数量极其稀少，因此价值连城。据说在日本有2尾红龙的白化种，一尾已经死亡，只公布过另一尾的图片。

（2）白色龙鱼：白色龙鱼就是龙鱼中的白色品种，也称作白金龙。与白化品种一样，也可以由各种龙鱼产生，其实也是一种基因突变的产物，在其他生物中也有见到。所谓白色品种，并不是指生物自身不能合成色素，而只是失去原有品种的体色，变得发白，但身体上一样有其他的色彩和花纹。不严格地讲，这种现象也可以叫做白化，但这种白化的鱼，眼睛的颜色是正常的，从这一点上就可以区别于真正的白化品种。白色品种在自然界中是极其偶然的，但在人工繁殖中却会经常出现。因为人工繁殖大多会导致近亲繁殖,使白色基因的组合概率大大增加。虽然如此,但对龙鱼来讲,其繁殖量不大,频率也很低,出现白色龙鱼的机会虽比真红眼的品种多,但还是很稀少的,因此也算得上珍贵。而且这类龙鱼较原品种更显得洁白高雅,所以这种白金龙的价格也很高。

（3）顶级龙鱼:有些商家把顶级的过背金龙称作"白金过背",这里的"白金"并不是形容其颜色,而是形容其等级,是一种等级的名称,就如同白金会员之类的说法。这种白金龙自然不是白化种,但成色好,6排鳞都亮,而且亮度高,也是相当值钱的好鱼。

（4）人造白色龙鱼:这一类鱼纯粹是人工制造的产物,是一种商业炒作。其原理是生物会因为适应生活环境而改变体色。一些商家由于看中白化龙鱼不菲的价格,将非白化的龙鱼培育在白色的环境中,龙鱼的体色慢慢就会变得发白,这种龙鱼一旦离开白色的环境,会重新恢复原有体色。这种人造白金龙是目前市场上最常见的。至于这种白金龙是不是有价值,那要看它本质上是哪种龙鱼。如果是过背金一类的也是好鱼,如果是红尾金之类的,就实在要让买家大上当了。但不论怎么说,这些伪造白金龙,价格上总是有一些虚假成分的。总之,白化龙鱼是十分罕见的,不可能在鱼市场普遍出现,对于那些养在白色鱼缸中,价格比普通龙鱼高一点的所谓白金龙,购买者一定要擦亮眼睛了。

2. 高背金龙

高背金龙是过背金龙和红尾金龙配种繁殖出的一种背部较高的红尾金。其鳞片的金色可以达到第五排鳞,但不会有过背金龙那样完整有立体感。

3. 红金龙

红金龙是血红龙与过背金龙的配种。鳞片色彩除了粉红中略微带点蓝色外,上面的金色也比较深。

4. 雪银龙

雪银龙就是银龙的白化个体,当然并不是真红眼型的白化,而只是失去了银龙鳞片上的一些斑纹,而显得特别洁白,应当是银龙的白色变种。这种雪银龙在大约几千尾普通银龙中才会有一尾,所以较珍贵,价格也较高,但并不是十分难饲养。

三、龙鱼的生理结构特点

龙鱼因在各大洲生活的地理环境不同,导致在形态上存在一些差异,但生理结构还是基本一致的。

(一) 外　　观

1. 头部

龙鱼的头部是从吻端到鳃盖的后缘,包括眼、口、鼻、须等几个重要的部位。

(1) 眼:龙鱼的眼睛位于头部两侧,无眼睑,不能闭合,但可以上下前后转动,显得十分有灵气,这也是龙鱼最富感情和最传神的部分。龙鱼的视力不佳,只能看清较近处的东西,但它的视力却有独到之处,能使龙鱼捕食到树上的昆虫。龙鱼能够确定水面上物体的位置和距离,以至于可以跃出水面,一举将猎物捕获,这种本领在鱼类中也是不多见的。

(2) 口:龙鱼的口大而上斜,属上位口。上颌短,下颌长,下颌内部展开十分宽大,像个兜子,这种结构不仅有利于将食物吞入口中,而且雄鱼还会将卵含在口中孵化,以宽大的下颌做育儿囊。口的边缘布满尖利的牙齿,是捕食的有力武器。龙鱼的唇较发达,唇上具有味蕾,有感觉功能。龙鱼口中舌的结构最有特点,舌头内有舌骨,这是一种较原始的结构,较高等的鱼类舌骨是退化的,这也是龙鱼被称作"骨舌鱼"的原因。

(3) 鼻:龙鱼的鼻长在眼的前上方,在头部的背面,几乎就挨着上唇。龙鱼鼻较不明显,表面上看就像2个浅坑,与口不相通。

鼻的功能不仅是可以嗅到食物的气息,还可以鉴别水质、寻觅配偶、发现敌害。

(4) 须:龙鱼有 1 对吻须,长在下颌的最前端,除澳洲龙鱼以外都是硬须,平行伸向前方,显得十分威风。龙鱼的须是敏感的感觉器官,像触角一样感觉前方的环境。

2. 躯干部

龙鱼的躯干部是从鳃盖后缘到肛门。龙鱼的胸鳍、腹鳍长在躯干部。

(1) 胸鳍:胸鳍 1 对,长在鳃盖下方的胸腹部。鳍棘很尖,鳍条如扇形,非常平展,从上面看去,就像鸟的翅膀一样。龙鱼的胸鳍主要是起平衡作用。

(2) 腹鳍:腹鳍 1 对,长在腹部的中央。腹鳍腹位也是一个较原始的鱼类的特征。龙鱼腹鳍呈扇形,没有胸鳍那么尖,起辅助平衡作用。

3. 尾部

龙鱼的尾部从肛门到尾鳍末端。龙鱼的背鳍、尾鳍和臀鳍都长在尾部。美洲龙鱼的尾鳍较小,背鳍和臀鳍延长。亚洲龙鱼的尾鳍较大,背鳍和臀鳍也较宽大。尾部是龙鱼运动的主要器官,能产生强大的推动力,以至于龙鱼可以跃出水面。后三鳍(背鳍、尾鳍、臀鳍)上一般都有美丽的色彩和花纹,很具观赏性。

4. 体表

(1) 鳞片:龙鱼的体表覆盖着一层巨大的鳞片,像一层铠甲,起保护作用。鳞片一般都具有花纹和闪光,亚洲龙鱼尤其如此,这些闪光的鳞片使其在观赏鱼中独占鳌头。亚洲龙鱼鳞片发色是从鳞片外缘开始,以红龙和金龙最为明显,如同在鳞片的边缘镶了一个红色或金色的边框,因此称作"鳞框"。鳞框分层次,最外面的一层称作第一鳞框,颜色最鲜明,边缘清晰,靠里面紧挨着第一鳞框的是第二鳞框,颜色较暗淡,边缘也较模糊。优质的龙鱼第一鳞框、第二鳞框与鳞的底色色彩搭配协调鲜明,鳞框清晰明亮就显得很有立体感。鳞框有粗细之分,一般人喜欢粗框的红龙,而对金龙则喜欢细框的。亚洲龙鱼体侧一般有 5 排鳞,身体发色时,会从腹部起逐渐出现美丽的颜色。龙鱼的鳞片上还具有年轮,可以鉴别龙鱼的年龄。体侧有 1 排带孔的鳞片,看起来就像体侧有 1 条虚线,称为侧线。这是龙鱼的感觉器,可以感觉猎物和察觉危险。龙鱼鳞片巨大,侧线也相当明显。

(2) 黏液层:龙鱼体表还具有一个黏液层,用手摸龙鱼体表时会粘到一些黏糊糊、带鱼腥气的黏液。黏液层是龙鱼皮肤中的特殊腺体产生的,均匀覆盖在龙鱼的体表。这层黏液不仅可以润滑体表,减少龙鱼游动时的阻力,而且可以抵御细菌、寄生虫等的侵害,对龙鱼起保护作用。把鳞片比喻成城墙,黏液层就是城墙上的士兵,如果龙鱼失去黏液层,就如同城墙没有士兵把守,龙鱼很快就会感染疾病死去。因此必须特别注意保护好龙鱼的黏液层,不要让龙鱼的身体发生刮伤和蹭伤。正常的黏液层是看不到的,如果龙鱼的身体上明显地看出有黏液丝,或带气泡的黏液团,这说明龙鱼体表黏液分泌异常增多,这是一种保护性反应,表明龙鱼遭受了某些感染。

(二)内 部 结 构

1. 鳃

龙鱼的鳃丝粗大,是龙鱼的呼吸器官,正常的颜色为血红色,生病时会转为暗红色或白色,有时甚至是黑色。鳃骨上长有尖利的鳃耙,可以抓住猎物,以免吞入口中的食物从鳃中逃跑。这种结构有利于龙鱼这种肉食性鱼类的捕食。非洲龙鱼是一个特例,它以滤食水中的浮游生物为食,因此它的鳃耙十分细密,像篦子一样,过滤出水中的微小的食物。

2. 消化系统

龙鱼的食管短而宽阔,弹性很大,可以容下很大的物体通过。龙鱼的胃壁很厚,肌肉发达,以便能磨碎整个吞进的食物。龙鱼的胃在没有进食的时候缩得很小,几乎没有胃腔,外表看像个结实的肉球。进食后又可以变得很大。食管和胃的结构有利于龙鱼吞食很大的食物,有时较小的龙鱼也是大龙鱼的吞食对象。龙鱼的肠道较短,为身长的2~3倍。龙鱼的消化腺非常发达,可以分泌出强大的消化液,几乎可以把食物彻底消化。在龙鱼的胃肠中有时会残存一些消化不了的鱼鳞、大骨头,以及一些昆虫的硬翅。

3. 鳔

鳔是龙鱼的浮力及平衡器官。龙鱼的鳔是网眼状的,这也是龙鱼的主要特征之一。

四、龙鱼的习性及生长

（一）龙鱼的习性

除非洲龙鱼外，各种龙鱼的习性大致相同。龙鱼大部分属表层鱼，活动于水的上层，而且最爱贴着水面巡游，因此龙鱼的背部平直，而且很多龙鱼的背部颜色较深，因为这样可以躲避天敌的袭击。由此，背部颜色明亮鲜艳的龙鱼也就成为珍贵的品种。

除非洲龙鱼外，其他品种的龙鱼都是大型肉食性鱼类，以捕食各种鱼类、虾和昆虫为食。龙鱼性情凶猛，只要嘴能吞得进去的活物都会去吃，所以龙鱼不能与体型小的鱼混养，包括体型较小的龙鱼。龙鱼捕食也十分凶猛，大有饿虎扑食之势，所以龙鱼进食一定要在宽阔的区域，不然容易撞到缸壁或其他障碍物上，而被巨大的冲击力撞得头晕眼花，甚至还可能造成严重的伤害。野生龙鱼也会以昆虫为食，它不仅吃掉落水中的昆虫，连河面树枝上的昆虫也不放过。龙鱼有非常优秀的跳跃能力，可以越出水面 2 米抓住猎物。所以饲养龙鱼一定要在鱼缸上加盖，否则，不知什么时候龙鱼跳出缸外，就会变成"龙鱼干"了！

龙鱼是一种具有较强领地观念的鱼类。没有性成熟的龙鱼可以群居，一般不会互相争斗。性成熟以后的龙鱼争斗十分厉害，不仅雄性与雄性之间会争斗，雌性与雌性，甚至雄性与雌性之间都会争斗，有时饲养的一缸龙鱼，最后只剩下了一尾。这不仅因为龙鱼有领地习性，而且还有强烈的择偶性，看不上眼的就以死相拼，所以龙鱼人工配对十分困难，这也是龙鱼人工繁殖不容易的原因。有经验的人养龙鱼一般都会养单数，特别是 5 尾，这样似乎可以模糊龙鱼的领地观念,龙鱼争斗似乎也较少了。澳洲龙鱼的脾气更是不得了,从幼鱼起就是"一山不容二虎",2尾澳洲龙鱼见面一定要拼个你死我活,所以澳洲龙鱼只能单独饲养,不可以群养。

(二) 龙 鱼 的 生 长

龙鱼是一种生长发育十分迅速的鱼,摄食量较大。龙鱼可以终生生长,但在每个阶段生长的速度有所不同。在幼鱼期,生长发育最快,为了尽快长大,以避免敌害的侵袭,龙鱼主要是在增加长度。举例来讲,一尾银龙如果食物充足,水体足够宽大,1年之内就可长到近80厘米。幼鱼在达到性成熟时,生长会明显变缓慢,此时主要生长的是生殖腺,以便为繁殖做准备。此时如果进食过多会积累很多脂肪。一般来讲,雄鱼达到性成熟会较雌鱼早,所以雄鱼会较早停止生长,因此一般雄龙鱼要比雌龙鱼小。再以后,龙鱼进入了衰老期,体长也会增加,但十分缓慢,也很不明显。此时进食除维持生命以外,主要是积累脂肪,所以龙鱼越养就会越粗。

五、龙鱼的选购及放养

（一）龙鱼的选购

1. 成年龙鱼的选购

成年龙鱼指的是身体已充分发育,接近或已达到性成熟,品种特征和体色已充分显示的龙鱼个体。成年龙鱼的选购相对来讲是比较容易的,因为成年龙鱼的性状与品质都已十分明显,不易混淆,有问题也十分容易分辨。一般来讲,成年龙鱼的选择需要注意如下几点。

（1）体形:龙鱼的体形因为品种不同而有所不同,但总的来讲,龙鱼的身体线条必须流畅,左右对称,身体各部分比例适中,不能有畸形(但也不能一概而论,有一尾龙鱼的尾巴向上弯了有45°,但因为像极了"耐克"的商标,所以也要卖个好价钱咧)。一般来讲,龙鱼的背部是比较平直的,头部和尾部略有些弧度,但高背的品种除外。从上面看下去,背部要厚实,线条流畅,笔直而对称,不能有任何歪斜。除背上一排鳞片外,还可以看到第五排鳞的一半,背太宽或太窄都不好。

（2）泳姿:龙鱼的泳姿要自然,运动起来毫不费力,没有歪斜和摇摆的现象。龙鱼的椎骨缝隙很大,这种结构可以使龙鱼像蛇一样弯曲,以至于可以被容纳进很小的空间。由于这种特点,龙鱼的转身十分幽雅缠绵,可以画出一个美丽的弧线。不会像其他鱼那样,游到鱼缸尽头再猛地一转身,恨不得溅出些水花来。正常的龙鱼应当在很窄的鱼缸中也可以自如转身,转身时,胸鳍平展,须也不能弯曲。那些转身困难的龙鱼不宜购买。

（3）活力：正常的龙鱼应当是不停地在鱼缸中游动盘旋，而且很有好奇心，如果有人在鱼缸前观看，它会游过来注视一会儿。龙鱼是表层鱼，它的活动范围应当是水的中上层。那些呆立在水中，甚至匍匐于水底的龙鱼很可能患有疾病。

（4）鱼头：龙鱼的头部形状正常，额头平整，不能有皱褶，此外，还需要注意不能有不正常的小孔，特别是在头背面、眼周围以及鳃的边缘部位，这些都可能是患有穿孔病的表现。穿孔病不易治愈，而且还会传染给其他鱼。

（5）鱼眼：龙鱼的眼睛是龙鱼最传神的部位，所谓画龙点睛，有一双好眼睛自然使龙鱼增色不少。龙鱼的眼睛要大而清亮，紧贴眼窝，位置端正，动转灵活。如果眼睛左右不对称，眼下垂，混浊，甚至红肿的自然不能选购。

（6）嘴形：龙鱼的嘴形必须端正，口部发育不良的鱼，大部分是下颚过长，以致口不能闭紧。有些龙鱼的下颌过于松弛，这是缺乏锻炼的结果，虽然影响美观，但也可以通过锻炼来改善。

（7）龙须：在中国龙的形象中，龙是有 2 条细长而卷曲的龙须，很威风。龙鱼的须虽与真龙须不很相似，但一样尽显龙鱼的威风。龙鱼的须要坚挺而平直，笔直伸向前方（澳洲龙鱼除外），从正面看像个"八"字。颜色要与身体颜色一致。龙须软、缺失、长短不齐，或与身体颜色不一致的，都不是好的品相。如果龙须折断，可以在水中加些抗生素，慢慢待其再生。但是，再生的龙须是否好，就要看主人照看得如何了。

（8）鳃盖：鳃盖又是龙鱼的一个主要观赏点，亚洲龙鱼尤其如此，比如红龙就有艳若桃花的鳃盖。龙鱼的鳃必须平整光洁，呼吸运动必须舒缓而有节奏。由于鳃膜的覆盖，正常呼吸的龙鱼很难透过鳃盖看到里面的鳃。如果龙鱼有鳃盖不平整、缺刻、外翻等鳃盖畸形的情况，都不能购买，这种"破相"的龙鱼是没有价值的。如果龙鱼鳃盖活动较快，幅度很大，能清晰地看到里面的鳃，甚至不能闭合，那一定是有鳃部疾病（除非是龙鱼含卵了，但笔者相信这不是随便就能看到的），也不能购买。

(9) 鳞片:龙鱼鳞片巨大,很像画中的龙鳞,是龙鱼最受人们喜爱的部位。龙鱼的鳞必须整齐、光洁、紧密,排列有序,不能翻起。鳞片上最好不要有杂色点,红龙的鳞片上有些会有红色的斑点,但不能有黑斑。龙鱼的鳞片越大越好,每片鳞都要清晰可辨,这样才有王者风范。红龙的鳞框越大越明显越好,过背金龙的金色鳞片要越过第四、第五排鳞,越高越好。有时,健康的龙鱼也会有鳞片脱落的现象。一般是因为撞击或在缸底摩擦的结果。只要没感染,鳞片会在3~5周的时间里再生出来。但有鳞片脱落的龙鱼还是要仔细观察一下,以免是因为长有体表寄生虫而摩擦身体产生的。

(10) 胸鳍:龙鱼的胸鳍非常能体现它的气势。龙鱼的胸鳍长而尖,形如鸟翼,在身体两侧水平展开,使龙鱼如在水中飞翔。龙鱼的胸鳍首先要长(至少鳍尖达到腹鳍的位置),左右长度须一致。鳍条须舒展平直,不能有扭曲等畸形。鳍膜完整无破损。鳍的颜色必须与身体颜色相匹配。胸鳍在正常游动时必须展开,不能有萎缩的现象。

(11) 尾部:龙鱼的尾部由于品种的不同而有很大差异,美洲龙鱼的尾部很长,几乎占了大半个身体,亚洲龙鱼则尾部较短。但无论长短,后三鳍都是最重要的观赏部分。龙鱼的背鳍、尾鳍和臀鳍大小要与身体匹配,鳍要舒展,不能萎缩。龙鱼的尾鳍影响龙鱼前进动作的姿态,要求完整无缺,且自然往外伸长,所有鳍骨亦要直,圆弧如扇形者为佳。

尾鳍损伤后亦会再生,唯在大部分尾硬鳍骨都损坏的情况下,就须考虑用剪刀剪齐,令其同时再生,可保尾鳍生长完整。一般来说,龙鱼需要置于较大的鱼缸中,但是在仔鱼时,若置于较小的鱼缸中,尾鳍的生长状况反而会比较好,因为仔鱼对大空间会产生不安全感,容易因此对尾鳍的生长产生不好的影响。相反的,较小的空间,仔鱼会因有安全感,情绪会比较好,尾鳍自然延伸的效果较佳。

(12) 鱼肚:龙鱼的肚子不应当太膨大(除非是在产卵前,这当然也是极难看到的),过胖的肚子可能隐藏着极大的隐患,因为肥胖会导致各脏器的病变,再严重些有可能是腹水。当然,过于凹陷的肚子也不是好现象,鱼店里经常能看到这种龙鱼,多半是喂食严重不足的结果,这会影响日后龙鱼的生长,有些消瘦的龙鱼也是疾病所致。

（13）色彩:龙鱼的色彩随个人的喜好,但一定要符合本品种的特征,例如银龙不能发黑,而黑龙不能发白等。亚洲龙鱼的色彩比较复杂,不过色彩还是以鲜艳明快为好。而且亚洲龙鱼的颜色会随着年龄的增大而逐渐加深。龙鱼的颜色也是最易被做手脚的,太红的鱼有时是扬色剂的产物,买回来很快褪色。而所谓的白金龙,购买时一定要看清是不是被养在白色的鱼缸中。如果经验不足,又不想上当,还是请有经验的人陪购,或是到有信誉的水族店购买。

建议 购买龙鱼,特别是高档龙鱼一定要"四多":**多看,**即多去不同的水族店转转,看看各品种的特征是什么样的。**多读,**即多阅读相关的书籍,浏览相关网站,以期获得尽量多的龙鱼知识,特别是龙鱼品种特征差异的知识。**多问,**即多请教有经验的养鱼者或专业人士,问问他们如何购买龙鱼,从他们那里可以了解到更深层次的知识,必要的时候能请他们陪购就更好。**多比较,**"货比三家不上当",这永远是购买者的定律,多看几家,多问几家,比较欲购龙鱼的品相和价格,可以少上很多当。当然价格不是越便宜越好,太便宜的倒有可能是假货,重要的是龙鱼的品质,不然你的全部心血和一腔希望就可能会付诸东流了。

还有,略有瑕疵的龙鱼在可以治愈的情况下虽然可以购买,但如果不是十分有把握,还是不要冒险,除非你是太钟情于这尾龙鱼。如果只是因为价格便宜而购买,弄不好会"偷鸡不成反蚀一把米"。

2. 幼年龙鱼的选购

幼年龙鱼(简称幼龙)通常指的是未达到性成熟、未发色的龙鱼。当然,市场上亚洲龙鱼的幼鱼也不会太小,可以进行交易的龙鱼一般都在 12 厘米以上。幼龙通常要比成鱼便宜几倍到几十倍,如果挑选得当，自然是物美价廉。但是幼鱼期各种品种特征都不明显，甚至有些患有疾病的幼龙症状也不明显，往往会被鱼目混珠，使购买者蒙受损失。因此，购买幼年龙鱼要从两方面鉴别，一是健康状况，二是品种。

幼龙由于体质还较弱，容易感染一些疾病，所以要注意观察其身体健康状况。检查幼龙体质的方法与成鱼差不多。需要观察鱼的呼吸是不是舒畅而有节奏，游动是不是自然，鱼鳍是不是完整舒展，身体上有没有红斑、溃疡，形态是不是正常，有些小龙鱼脊柱的畸形弯曲可能很小，不留心会被忽略掉，这种弯曲随着成长会日趋严重，使龙鱼失去观赏性。

如果是美洲龙鱼或澳洲龙鱼，品种鉴定几乎不成问题，因为品种外观差异极大，基本不会混淆。但是亚洲龙鱼各品种在幼鱼期体形类似，差异极小，没有经验很容易混淆，因此，在这里着重介绍一下亚洲龙鱼幼鱼的区分方法。

（1）青龙

【体形】 较其他幼龙短小。

【头部】 较圆短，下颚灰白无色泽。

【鳍】 胸鳍与腹鳍的鳍尖为金黄色，尾鳍、臀鳍、背鳍黑色鳍条较多，鳍膜黑色斑纹亦较多，整体色泽为淡粉色偏黄，而且略带蓝绿色。

【鳞片】 色泽不亮丽，为银白略带灰蓝色。

（2）红尾金龙

【体形】 较一号红龙鱼胖些，但不很明显，与一号红龙幼鱼实际比对即可看出头部有区别：嘴形较青龙为尖，下颚银亮。

【鳍】 胸鳍、腹鳍略带粉红色，鳍尖为金黄色，臀鳍为淡橘红色，鳍条有 9～12 根带黑色。尾鳍较红，鳍条有 6 根带黑色。鳍条间距较小，与一号龙幼鱼相似。

【鳞片】 黄色略带粉红色，鳞框略带蓝绿色，体侧之亮鳞，可到达第三或第四排（从腹部算起）。

（3）黄尾金龙：黄尾金龙的特征与红尾金龙相似，可以辨识的是后三鳍为淡黄色,鳞片色泽没有红尾金龙亮丽。

（4）过背金龙

【体形】　修长,与红尾金龙比较即可区分出来。

【头部】　嘴较红尾金龙尖,下颚银亮。

【鳍】　后三鳍淡黄略带粉红色,胸鳍、腹鳍为淡粉色,主鳍骨为金黄色,而且较金亮,鳍端亦较尖长。尾鳍有5根黑色鳍条,臀鳍有7～9根黑色鳍条。

【鳞片】　呈淡金黄略带绿色,鳞框则略带粉红色与金黄色,体侧的亮鳞可达到第四排,甚至达到第五排。

（5）一号红龙

【体形】　修长,与红尾金龙比较即可分辨。

【头部】　头较红尾金龙长,嘴亦较红尾金龙尖长,颚尖与胡须略带橘红色,下巴银亮。

【鳍】　后三鳍呈明显均匀的红色,胸鳍、腹鳍为黄色略带金色,尾端则显现淡红色泽。臀鳍有9～12根黑色鳍条,尾鳍有5根黑色鳍条,鳍条间距较小。

【鳞片】　为金银色略带浅绿色,鳞框为粉红色。体侧鳞片整体亮丽。

（6）二号红龙

【体形】　较一号红龙圆胖。

【头部】　头形较一号红龙圆短,嘴形较一号红龙圆钝。

【鳍】　后三鳍为淡橘红色,而且偏黄。胸鳍与腹鳍为淡粉红色,主鳍骨为金黄色。

【鳞片】　颜色不及一号红龙亮丽。

提醒　一般来讲,越小的龙鱼越便宜,12～15厘米的龙鱼最便宜,但也是最不易辨别的。20厘米左右的龙鱼色彩有所显露,较易辨别,但是价格也涨上去很多。因此,买多大的小龙鱼要看个人的把握了。再有,买小龙鱼不要被其花哨的名字所诱惑,各种龙鱼之所以有很多别名,一个很大的原因是为了促销。商家把龙鱼的名字弄得好听些,以便卖个好价钱,有时干脆就是换个名字当新品种卖。因此,购买时一定要多看几家,比较一下价格,问问有经验的人,以免上当。

3. 问题解答

(1) 过背金龙与红尾金龙有什么区别?

过背金龙与红尾金龙都长有金色的鳞片,但是过背金龙却是非常珍贵的品种,而红尾金龙则相对普通得多。两者价格悬殊,如果买错了,就要蒙受很大的损失。那如何区别这两种龙鱼呢? 实际上,成年的过背金龙与红尾金龙还是有着比较明显的差异,可以通过以下几点的来区分。

① 过背金龙的金色鳞片可以达到第五排(从腹部数起),甚至到脊背,金色鳞片有明显的金框。红尾金龙的金色鳞片只到第四排,背部一般呈墨绿色,在第五排鳞片有时会出现一些金色的斑点,但绝对没有明显的金色鳞片。这是过背金龙与红尾金龙最明显的区别。

② 过背金龙后三鳍颜色为金色但略带粉色。红尾金龙的背鳍和尾鳍上半部为墨绿色,尾鳍的下半部和臀鳍为红色。

③ 过背金龙的底色较明显,而红尾金龙的底色相对模糊一些。

幼鱼的区别要困难一些,如果体长在 20 厘米以上,则可以通过以下几点来区分。

① 红尾金龙较过背金龙体形胖一些。

② 红尾金龙后三鳍为橘红色,而过背金龙为淡黄色略带粉色。

③ 红尾金龙在 20 厘米左右时亮鳞达到第三排或第四排,而过背金龙会达到第四排,而且背鳍下方的小鳞片也开始发光,称作小珠鳞。过背金龙的鳞片也会比红尾金龙的鳞片亮一些。

(2) 一号红龙与其他红龙有什么区别?

成年的一号红龙很容易与其他红龙区别开。一号红龙的身体、鳃盖、鱼鳍都带有十分鲜艳的纯红色,而一号半或二号红龙身体及鳃盖则呈现橘红色或黄色,鱼鳍为橘红色或没有颜色。但一号红龙的幼鱼却十分容易和其他龙鱼混淆,10厘米以下时甚至被红尾金龙,乃至珍珠龙冒充(好在目前国内市场上可以贩卖的红龙都在12厘米以上)。如果辛苦买来的所谓正统红龙,长大后却发现是橘红色,那买家只能大呼上当了。如何才能区分出一号红龙的幼鱼呢?一般从头部、鳞片、臀鳍上看。一号红龙的头较其他红龙尖;一号红龙的鳞片亮度较高,轮廓鲜明;其他红龙鳞片亮度不均,轮廓不明显;一号红龙臀鳍上的黑色条纹较整齐,其他红龙臀鳍上的黑色条纹不太整齐。

购买昂贵的一号红龙可以请有经验的人陪同,如果实在没把握,因为真正的一号红龙都有晶片,所以到相关的检验机构验看一下就好了。

(3) 初学者应当养什么龙鱼?

初学者由于经验不足,很难为龙鱼提供较理想的环境,难免会有损失,因此初学者所饲养的龙鱼适应力要强,价格也以较便宜为好。符合这些要求的龙鱼有澳洲龙鱼、银龙、青龙、一号半及二号红龙、红尾金龙。澳洲龙鱼是体格最强健的,既不挑剔水质,也不挑剔饵料,对水族缸环境适应力很强,价格又很便宜,饲养它几乎不用费多少力气,这就是澳洲龙鱼虽然凶悍但仍有人喜爱的原因之一。银龙也是一种极常见的龙鱼,易于饲养,且饲养非常普遍。银龙较澳洲龙鱼体质略差一些,要养出状态良好的银龙也需要一番锤炼。其他龙鱼在价格及饲养难度上依次递增,但总的来讲,对初学者而言,养活这些龙鱼还是不成问题的,只是养好不容易。如果既想好养又有品位,就选一号半或红尾金龙来养。

初学者饲养这些易于饲养的龙鱼从中可以得到一些基础知识,如龙鱼的习性、水质的控管、疾病防治以及与其他观赏鱼混养等一些经验,以便为以后饲养更高档一些的龙鱼做准备。即使不饲养更高档的龙鱼,也可以精益求精,把这些普通的龙鱼饲养成精品,以显示不凡的功力。如果因为龙鱼不挑剔饲养环境,而使自己也不在乎自己的饲养技术,则饲养龙鱼会逐渐变得索然无味。

（4）如何选购高档龙鱼的幼鱼？

亚洲龙鱼是目前市场上最昂贵的龙鱼，好的成鱼可以价值几万到几十万，堪称高档。如果购买较小的幼鱼，则较为经济。但挑选什么样的幼鱼才能保证以后可以变成一尾优质的成年龙鱼呢，下面作些简要的介绍。

① 红龙：各鳍颜色越深越好，未来发色才有可能更漂亮。全身的鳞片要有光芒，尤其是以能发出金属光泽的为佳，但以身体顶端鳞片的颜色较深为宜。身体的鳞片如带有少许绿色也是不错的选择，未来成为辣椒红龙的可能性较大。体态若圆润饱满，将来成为血红龙的概率较大。而身体较宽、头呈汤匙形的幼鱼则有较大的可能性变成辣椒红龙。

② 过背金龙：鳞片要有光芒反射，鳞片对身体的比例要大，以颜色明显、排列整齐为佳。金黄色的色泽要超过第四排鳞片。就蓝底过背金龙而言，整体的颜色越深，将来会越漂亮。非蓝底过背金龙则整体颜色不宜过深。鳞片上的鳞框目前较流行细框的，如是蓝底过背金龙，选择较细的鳞框，龙鱼会显得亮度较高。鳃盖和鳞片要选择光彩亮丽的。

③ 红尾金龙：以头圆嘴钝为宜。鳞片青中带蓝，尤其是以第四、第五排明显为佳。如果鳞片中心能够带些紫色的光芒则更好。

（二）龙　鱼　的　放　养

1. 包装与携带

在水族店里购买到心爱的龙鱼后，最重要的是要将其安全带回家。龙鱼的包装与携带需要注意以下几个问题。

（1）包装：目前龙鱼的携带一般使用充氧的塑料袋。龙鱼虽然可以蜷缩在很小的空间内，但在运输携带时还是不能过分紧缩空间，否则会影响包装内的水量和充气量，不仅会使龙鱼十分不适，还会造成龙鱼缺氧死亡。因此，不要因为怕包装过大过沉而不易携带，就把龙鱼塞在一个很小的袋子里。即使是很短途的运输也不要马虎,因为不正确的包装会影响到下面的放养。一般袋子的宽度以龙鱼可以自如伸展为宜,但是如果龙鱼的身体过大,也可以选择较长的袋子,使袋子横放时可以让龙鱼伸展开。袋子里的水量以没过鱼背 2～3 厘米即可。水和充气量的比例一般为 1∶1,如果运输时间较长则水和充气的比例为 1∶2。袋子要用较厚的双层袋,并且不能把两层袋子的袋口套在一起扎紧,要分别扎好,以免龙鱼尖利的牙齿或者鳍棘把袋子刺破,在途中发生意外,造成不必要的麻烦。

在家庭中,需要转移龙鱼的时候,可能需要用塑料桶来运输。由于家中没有充氧及打包的设备,大都会使用塑料桶。塑料桶的弊病是容易使龙鱼撞伤,因此携带时一定要注意平稳,不要使龙鱼受到惊吓,避免其在剧烈活动中受伤。塑料桶需要加盖,避免龙鱼跃出。另外还需附带一个充气泵,使龙鱼在路上不缺氧,气泵的大小以气石沉入水底后还有足够的气泡冒出水面为宜。水桶中的水量一般要求没过鱼背 2～5 厘米。

(2)携带:携带龙鱼的途中,必须注意平稳,不要摇动、震荡,尽量避免颠簸,要像对待易碎品一样对待它。在途中不要经常看龙鱼,如果有黑袋子的话,最好用黑袋子罩一下,以免过多的光和影像使龙鱼产生不安。龙鱼最好直接带回家,不要带着龙鱼到处逛,记着龙鱼委身于狭小的塑料袋中,就像人被关进闷罐里,十分不舒服,这并不是它应该呆的地方。在途中,如果是在夏季要避免阳光直晒,也不要放在太热的地方。如果是在冬季,则需要注意保温,可以放在保温箱中,或裹在大衣里。

2. 鱼缸清理及养水

饲养龙鱼以前,一定要进行鱼缸的清理,清理不当会给日后的饲养带来诸多隐患。鱼缸先要用清水进行清洗,如果鱼缸很脏的话,也可以加入少许洗洁精清理,但一定要冲洗干净。然后进行消毒,以前都使用高锰酸钾消毒,但这会使鱼缸产生难以消除的黄色痕迹,影响美观。目前可以使用饱和浓盐水,浸泡 24 小时也可达到消毒的效果。也可以使用 0.5 毫克/升的漂白粉或氯片进行消毒，但氯制剂会产生一些挥发的氯气，可能会刺激人的眼睛和呼吸道黏膜，因此要慎重使用。消毒后的鱼缸要用清水反复冲洗几次，以确保没有药物残留。

清理完鱼缸以后，就可以注满清水，使鱼缸进入运转状态，这就是养水。养水大约需要 1 周的时间，其间要不断补充一些蒸发的水分。在运转的过程中，会不断挥发掉有害物质，如氯气，而且还可以在系统中培养起各种有益微生物，如硝化细菌，形成一个良性的生物环境。这样才能为龙鱼准备好一个舒适的"家"，也为日后的饲养减少很多麻烦。

3. 正确放养方法

到了家大概最着急的是将龙鱼放出来透口气，也急着看龙鱼在缸中游动是什么感觉。可千万别着急，否则可能会要了龙鱼的命。将龙鱼安全带回家只是第一步而已，最重要的是能不能将龙鱼安全地放入鱼缸中，这可是决定着以后龙鱼是否能成功饲养的关键。

在龙鱼被放养之前，首先要将鱼缸中的水温调至 28 ℃，或者再略高一些。较高的水温有利于龙鱼适应新的环境。

龙鱼到家后不要急于开包，而应当将整个袋子漂在鱼缸中，使袋子中的水温与鱼缸中的水温慢慢接近，时间大约是 15 分钟，这叫做适温（除非袋子已经破损，或者袋子里的水已经非常混浊，需要立即打开包装；一般来讲，短途运输在包装正确的情况下极少发生这种情况）。如果鱼缸上有灯一定要关掉，以免强光的刺激会使龙鱼紧张不安。

适温完成后，将龙鱼连同袋子里的水倒入一个大小合适的桶中，桶的直径不要太小，以免龙鱼团在桶中，桶也要深一些，最好有盖，以防龙鱼跃出水桶。倾倒龙鱼的时候不能过高，否则龙鱼会撞到桶底。也不要很缓慢地倒，这可能会出现水倒干了而龙鱼还留在袋子里的情况。正确的方法是将袋口打开，一手紧握袋口，一手将袋底提起,使塑料袋倒置,确认龙鱼在水中以后,将紧握的袋口贴于桶底,然后松开,使龙鱼和水一起流入水桶中。在桶中准备一个气泵充氧。再准备三四根长气管,以滴流的方式将鱼缸中的水注入水桶中;待水桶中的水快满的时候,用水瓢将水舀回鱼缸,使水桶中的水保持原来的水量,这一过程叫对水。如此反复三四次,对水即完成,这个过程使龙鱼可以逐渐适应新的水质,不致由于环境突然变化而导致不适。

之后就可将龙鱼放入鱼缸。放入鱼缸时不能直接用手抓,也不能提起水桶随便往鱼缸里一倒,否则都可能导致鱼或人受伤。正确的方法是将整个水桶放入水中,然后倾倒,使龙鱼可以游出水桶到鱼缸中。如果你的鱼缸不够大,不能将水桶放入的话,那就在贴近水面的地方轻轻将龙鱼倒入鱼缸,在倒的时候要特别注意龙鱼可能会突然跃出,因此一定要加以防护。

龙鱼入缸以后,一切收拾停当,龙鱼基本算是安家落户了。注意观察,如果龙鱼没有异常反应,要将鱼缸的灯关闭,使鱼缸保持一种较昏暗的环境,此时也不需喂食,这有助于稳定龙鱼情绪。大约 1 天以后,可以正常打开照明灯,进入正常的喂养状态。

4. 放养密度

龙鱼是一种喜欢大水域的鱼,又是一种表层鱼,因此需要较宽阔的水面。一般来讲,鱼缸的长度必须是龙鱼身长的 2.5～3 倍,宽度最好也要达到身长的 1 倍以上。举例来讲,如果养一尾 40 厘米的龙鱼,需要一个长 100～120 厘米、宽 50 厘米的鱼缸。鱼缸的深度一般与宽度相近。

一个鱼缸里到底能饲养几尾龙鱼?这不仅与鱼缸的长度和宽度有关,关键还要看水体的大小。从经验上来讲,一般每 10 厘米体长的龙鱼需要 20～30 升水,如养一尾 40 厘米长的龙鱼,需要 80～120 升水;一个长 120 厘米、宽 50 厘米、深 50 厘米的鱼缸,水体是 300 升,可以养 2～3 尾 40 厘米长的龙鱼。但这并不是一个很固定的参数,一般来讲,龙鱼越大就越要放宽水体,而且不要将龙鱼的密度养到极限,因为较小的龙鱼生长很快,不久就会使鱼缸变得拥挤。因此还不如提前给它们预留好空间,以使它们顺利生长,而且还免去了日后换缸的麻烦。

5. 龙鱼的混养

很多人并不满足于只养1尾或1种龙鱼,也许日后又被某些龙鱼吸引,产生了购买的欲望。如果家中没有足够数量的鱼缸的话,就涉及到龙鱼的混养问题。

(1)不同种龙鱼的混养:龙鱼虽是一种性格孤僻的鱼,但各种龙鱼混养在一起也是可以的。混养龙鱼必须在它较小的时候。如果只成群饲养一种龙鱼,只要大小相仿,一般都可以和平共处。这样一起长大的龙鱼在成年后只要食物和空间足够,一般较少发生冲突。这里最需要注意的是澳洲龙鱼,如果想把澳洲龙鱼与其他龙鱼混养,则必须选择比澳洲龙鱼体型稍大的龙鱼。澳洲龙鱼性情凶猛,即使是很小的澳洲龙鱼也会追咬比自己小,或者与自己大小相仿的鱼。但也不能与太大的龙鱼混养,否则澳洲龙鱼也会成为"点心"。龙鱼长成以后,由于发情期的到来,往往会出现争斗的现象。同种龙鱼之间的争斗最为激烈,异种龙鱼之间较为缓和。从凶猛的程度来看,澳洲龙鱼最厉害,亚洲龙鱼次之,美洲龙鱼相对最温和。也就是说,亚洲龙鱼与美洲龙鱼混养,发生的冲突最少。而澳洲龙鱼无论与哪种龙鱼混养,日后都是很麻烦的事情。

(2)新旧龙鱼的混养:如果龙鱼被陆续买来的话,一定有新旧龙鱼混养互相接纳的问题。在一个缸中养久的龙鱼通常不易接受新来的龙鱼,它们会趁新龙鱼还不熟悉环境的时候攻击它,从而给新来的龙鱼造成很严重的伤害,有时甚至会将对方置于死地。遭受攻击的龙鱼只能蜷缩于鱼缸表层的某个角落,或是被追得满缸乱窜,处境十分可怜。完全避免这种情况的发生只能是用很大的水族缸来饲养。当增加一尾龙鱼不会使其他龙鱼感到拥挤的时候,通常不会发生攻击现象。但是一般家庭中的鱼缸都不会很大,要缓和这种矛盾有几种方法。

①　在喂食以后再放新鱼:吃饱的龙鱼会变得懒洋洋的,不喜发动攻击,因此不会使新鱼在立足未稳的时候就被打得晕头转向,惊吓致死。时间久了,原来的龙鱼也就见怪不怪了。

②　在夜间放新鱼:夜里龙鱼处于休眠状态,通常不会感知到缸里发生了什么变化。待天亮以后,原来的龙鱼看见新鱼入住,也就承认了既成事实,不会大动干戈了。

③　新鱼要比原来的龙鱼大:如果新来的龙鱼比原来的龙鱼大,原有龙鱼会畏惧其庞大的体型,而不敢贸然发动进攻。但时间一长,后来的龙鱼有可能后来者居上,反客为主,从而对原有龙鱼造成威胁。

④　将新鱼暂时隔离:比如用一块玻璃或用网把新鱼和原住鱼隔开,两鱼可以互相看见,但不能接触。等到双方没有互相攻击的表示的时候,就可以撤掉隔离,混养在一起了。

⑤　成群放入新鱼:如果新鱼是好几尾的话,原来龙鱼的地域观就被打破了,反而会和平相处。

最后需要提醒的是,新进的龙鱼一定不能比原有龙鱼小太多,否则,无论用哪种方法,也是给原来的龙鱼送"点心"。如果龙鱼打得太厉害的话,可以放一些食物分散注意力。也可以将被打的龙鱼用网隔离起来,过一段时间再放出来。

六、龙鱼的饲养

（一）水　质

1. 一般水质要求

（1）酸碱度（pH）：水的酸碱度通常用 pH 表示，pH 的范围是 0～14，pH7 为中性水，pH7 以下称为酸性水，pH7 以上称为碱性水。酸碱度对于龙鱼的养殖是一个很重要的指标，水的酸碱度会影响龙鱼的鳃部及体表的黏液层。酸度过大会使鳃部受损，碱度过大会使龙鱼体表黏液脱落。龙鱼虽然体质较强健，适应能力较强，但是如果 pH 偏差过大会直接导致龙鱼的死亡。偏差较小时，龙鱼虽不会死亡，但是会使龙鱼的体色和体形发生变化，如体色变淡，或者出现翻鳃等。而且长期生活在不适环境中的龙鱼，也会处于亚健康状态，抵抗力较弱，会经常生病。因此，如果想让花大价钱买来的龙鱼活得自在些，还是把 pH 调整得好一些。

美洲龙鱼一般生活于较酸性的水中，pH6～7。银龙适应能力较强，可以生活于 pH6～7.5 的水中，而黑龙适应能力较差，pH 最好不要超过 7。

亚洲龙鱼生活于中性偏碱性的水中，pH7～7.5。越是好的龙鱼越要注意 pH 的调整，否则会影响龙鱼的色彩。

澳洲龙鱼体质最为强健，对各种水质都可以适应。虽然原产地水质为中性，但可以适应到 pH8 这样的水质。一般来讲，pH6～8 对澳洲龙鱼都不会有多大的影响。

（2）硬度（KH）：指示水中含钙盐和镁盐的多少，经常用 KH 来表示，KH7 以下称为软水，KH7 以上称为硬水。水的硬度对鱼鳃的影响比较大,过硬的水会使鱼鳃的黏液大量分泌。同时,不适宜的硬度也会使鱼体内的代谢出现紊乱。无论哪里产的龙鱼,都生活在硬度比较低的水域里,所以龙鱼大都喜欢硬度低的水。但是龙鱼的适应能力较强,可以生活在 KH3～12 的水中。

(3) 温度:龙鱼是一种冷血动物,体温会随环境温度变化而变化,龙鱼要维持正常的体温,一定要依靠水温,因此水温是龙鱼养殖的重要因素。龙鱼产于热带地区,因此对水温要求较高。龙鱼饲养的水温在 24～28 ℃,如果是美洲龙鱼,最佳的温度在 27～28 ℃。

(4) 氨氮(NH_4^+):氨氮是一种生物体代谢的产物,由蛋白质分解而来。龙鱼饲养时产生的氨氮主要来自龙鱼的排泄物。氨是一种有毒的化学物质,如果浓度过高会对龙鱼的鳃有伤害,龙鱼会出现呼吸急促、鳃部充血等现象,严重的引起死亡。温度越高,氨的毒性越大。龙鱼饲养的水温较高,所以氨对龙鱼的威胁也较大。一般龙鱼饲养的水中,氨氮的含量不超过 0.1 毫克/升。

(5) 亚硝酸盐(NO_2^-):亚硝酸盐是氨进一步氧化的产物,也是一种有毒的物质。如果浓度过高,它可以破坏红细胞与氧气结合的能力,从而影响龙鱼的呼吸,使龙鱼窒息死亡。在龙鱼饲养中,水中亚硝酸盐的浓度不超过 0.1 毫克/升。

(6) 硝酸盐(NO_3^-):硝酸盐是亚硝酸盐进一步氧化的产物,其性质较稳定,一般对生物体不会有很大威胁。但是硝酸盐是藻类生长所需要的养料,过多的硝酸盐会刺激藻类大量生长,不仅影响观赏,而且也会影响水体清洁。龙鱼养殖中,硝酸盐的浓度一般控制在 30 毫克/升以下。

(7) 氯(Cl):氯气是自来水中最常见的消毒剂,在养殖中也会被经常用到。氯气是通过与水结合产生有强氧化性的 ClO^-,以起到杀菌作用的。但是氯是一把双刃剑,水中过多的游离态氯会对龙鱼产生很强的杀伤力,破坏龙鱼的鳃及体表黏膜。因此,龙鱼养殖水体中,氯含量不能超过 0.1 毫克/升。

(8) 铜(Cu):铜是一种重金属,在养殖中也可用于杀菌消毒。铜是利用重金属使蛋白质凝聚的作用,破坏细菌或寄生虫体内的蛋白质,从而达到杀菌除虫的目的。铜与氯类似,也是一柄双刃剑。过多的铜会使龙鱼中毒导致死亡。因此,如果在正常饲养龙鱼中,水中的铜离子浓度不要超过0.1毫克/升。

2. 养殖用水

龙鱼养殖水源大致可分为以下几种。

(1) 自来水:在所有的养殖用水中,自来水可以说是最优良的水源,特别是在城市里,不仅取用方便,而且经过净化除菌,干净卫生,很少含有细菌和寄生虫等。但是自来水厂在处理自来水时,都加入氯来杀菌,这使得自来水中含有大量对龙鱼不利的氯,需要除去。而且自来水温度都较低,需要进行升温处理。由此可见,自来水虽然取用方便,但也不是不经处理就可以用来养龙鱼的。

(2) 地表水:地表水指的是河水、湖水或溪水。这些水源最大的问题是污染。这些地表径流流经的人类生活地区,不仅有各种细菌和寄生虫的污染,而且还有工业和农业活动所造成的各种有毒有害的化学品污染,如工业废水和农药。这些都会使这些水源变得极不安全。如果要使用这些水源,一定要经过严密检测,否则不要轻易使用。

(3) 地下水:地下水指的是井水、泉水等。地下水的污染相对较少,但是地下水、特别是井水硬度极大,如果不经过除钙的处理,也不适合直接用于养殖。

(4) 雨水:雨水是一种天然的蒸馏水,硬度很低,以前经常被用于繁殖热带鱼,作为龙鱼的养殖用水也是可以的。但是由于目前大气污染,使得雨水中溶进了很多有害的污染物。特别是在城市上空,酸雨出现的概率较大。因此如果想用雨水的话,一定要在下大雨的时候收集,而且要在下了1个小时以后再收集雨水。收集以后的雨水也要经过检验,如果严重酸化则不能使用。

(5) 蒸馏水:蒸馏水是一种很纯净的水,硬度为0,也不含有任何杂质。这种水从理论上来讲 pH 应当为7,属中性水。但是实际上蒸馏水往往是酸性的,这是由于溶进了二氧化碳的缘故。蒸馏水可以用于饲养龙鱼,但是蒸馏水中含氧较少,所以要经过曝气处理,不仅可以增加氧气,而且还可以去除多余的二氧化碳。使用蒸馏水时也不要单纯使用,最好与普通水混合使用,这样既可以降低普通水的硬度,也可以弥补蒸馏水过分纯净缺乏微量元素的缺点。

(6) 纯净水:一般来说,纯净水是不太适合长期养鱼的。因为纯净水一般酸性较强,硬度几乎为0,含氧量低,而且缺乏很多微量元素,大部分鱼都不适合在其中生存。由于硬度低,水中缺乏有效的缓冲体系,养鱼时会更容易导致水体酸化;且因成本很高,每次换水量自然不会很大,会使水酸化得更厉害。因此,最好不要单纯使用纯净水养龙鱼。使用纯净水可以像使用蒸馏水一样,用勾兑的方式来降低普通水的硬度和碱性,混合使用问题不大,但不要单纯使用。

3. 水质处理

(1) 一般处理:养龙鱼的水要达到水质适宜、无菌、纯净无杂质、适温几项标准才可使用。如需达到此标准,需经过灭菌、过滤、调温、调水质等诸多步骤,家庭一般使用的都是自来水,灭菌和过滤已在自来水厂就完成了,只需要除去水中多余的氯气即可。处理水有一套较简单的方法。

确定是无污染水源→晾晒或曝气2天→调整到适宜的温度

这一步骤就是将"生水"转变为"熟水"的过程,传统的晾晒方法是制作熟水最简单的方法。经过这样处理的水基本上养龙鱼已没有问题,但可能在硬度或酸碱度上还会有些问题,需要进一步处理。

(2) 调节硬度:通常我们遇到的问题都是水的硬度太高,需要降低,这叫作硬水的软化处理。将硬度降低的方法有以下几种。

① 煮沸法:也就是把水烧开。这是最经济方便的一种降低水的硬度的方法。水在煮沸的时候可以将一些钙质析出,也就是我们通常见到的水碱,从而达到降低硬度的效果。通常煮沸的方法可以将水的硬度降低2~10个德国度,如果希望硬度降得多一些,

则需要煮的时间长一些,但不要超过 5 分钟,否则会生成有害物质。由于煮沸时大量气体溢出,所以开水是一种缺氧水,需经过曝气方可使用。具体的制备方法是:先把水烧开(时间稍久一点,可使更多的钙析出),将水倒入耐热容器中晾凉,去除水面及水底析出的水碱,再用气泵曝气 24 小时,调整温度即可使用。

②　勾兑法:用硬度低的水(如蒸馏水、纯净水等)与硬度高的水混合,稀释高硬度水中的钙镁离子,从而达到降低硬度的目的。例如硬水的 KH 值为 20,目标为 KH10,则使用蒸馏水与硬水 1:1 混合,即可达到目的。

③　曝气法:长时间的曝气也可以使硬度较大的水软化,这是因为将空气中的二氧化碳通入到水中,与钙镁离子产生沉淀物析出,从而降低了硬度。这种方法对硬度较大的水作用较大,而对硬度不很大的水效果不明显。

④　活性炭法:硬水反复通过活性炭也可以起到降低硬度的作用。因为活性炭可以吸附掉一部分钙镁离子。但这种方法同样是对硬度大的水效果明显,而且时间较长。

(3) 调节酸碱度:这里需要调解的水指的是未养鱼的源水,最好不要在已经饲养龙鱼的水中进行 pH 的调节,否则会对龙鱼产生不利的影响,应当在饲养龙鱼前把一切准备做好。而且在饲养龙鱼以后如果 pH 下降,则需要换水,而不是用什么药物调节。

市场上通常有 pH 调高或调低剂出售,也可以加入碳酸氢钠(小苏打)将 pH 调高,或加入磷酸二氢钠将 pH 调低。调整时需缓慢少量加入,直至达到所需范围。将 pH 调低时,通常会在曝气 1 天后 pH 又上升,所以要反复调整,直至 pH 稳定。

(4) 除氯:氯气是一种易挥发的气体,在升温或曝气的情况下都很容易从水中逸出。所以传统的晾晒法可以去除水中的氯气。如果急需用水,也可采用药物处理的方式,即添加海波(也叫大苏打,化学式 $Na_2S_2O_3$,硫代硫酸钠),大约每 10 升水加入小米粒大小的一粒。也可以使用市场出售的水质稳定剂。这些方法偶尔使用可以,但不可经常使用,还是晾晒的方法最安全。

(5) 去除重金属：如果水体中含有重金属离子，最有效的方法就是使用活性炭过滤。活性炭有很强的吸附能力，只要将水循环通过活性炭，就可以将其中的重金属离子去除掉。

(6) 去除氨氮：氨氮通常产生于已经养鱼的水中，但有些水在没养鱼时氨或亚硝酸盐就较高，这可能与某些污染有关。去除氨氮可以采用换水的方法，但只能起到稀释的作用，事倍功半。最有效最安全的方法就是培养硝化细菌。用硝化细菌去除氨氮既减轻了换水的工作量，又十分经济有效。

硝化细菌并不是一种细菌，而是一系列可以将氨（NH_3）转化为对鱼无害的硝酸盐（NO_3^-）的细菌。这些细菌分两类，一类是将氨氮（NH_3）先转化为亚硝酸（NO_2^-），称为亚硝化细菌；另一类将亚硝酸转化为硝酸（NO_3^-），称为硝化细菌。在水族箱中将这两类细菌统称为硝化细菌，而每一类都包括多种细菌。这些细菌都属于附着性好氧细菌，因此，必须有充分的溶解氧和附着物供其生存，由于这些特性，硝化细菌必须在循环水体中培养，水族箱是最好不过的场所。

首先，必须为硝化细菌准备附着物，一般表面积大、多孔的材料最适合，如生物球、陶瓷环等，砂石也可作为附着物。附着物体积应占水族箱总水体的 20% 左右，而且需有充分水流经过，不可形成死角，出现缺氧区。接下来就可以培养硝化细菌了。硝化细菌一般不需要特殊接种培养，运转起来的水族箱中的附着物上会自然生长硝化细菌，淡水水族箱需要 1～2 周的时间成熟。如急需使用大量的硝化细菌，也可采用接种的方式，即放入一些市场上出售的硝化细菌成品，可在 5 天内建立起一个良好的生态系统。

硝化细菌对生存环境要求不高，与鱼类生存环境相仿，甚至更宽松些，但过度酸化、缺氧和过分清洗附着物均会对硝化细菌造成损害，因此，不要长时间关闭系统，也不可用附着物做初级滤材。

(7) 去除颜色：水如果污浊或带有颜色，就不能达到很好的观赏效果，甚至对龙鱼是有害的。解决这些问题最有效的方法是通过活性炭过滤。活性炭可以有效地去除水中的颜色，使水达到纯净透明。如果水中含有较多的悬浮物,导致水不够清澈,也可以使用水质澄清剂,可以快速安全地将水中的悬浮物凝成絮状沉淀,然后通过过滤去除。

(8) 灭菌

① 氯灭菌:常用的氯制剂有漂白粉和氯片,这是一种含氯消毒剂。漂白粉是白色颗粒状粉末,有氯臭,水溶液呈混浊状,碱性,遇水生成有杀菌力的 HClO 和 ClO⁻,对病毒、细菌、真菌均有不同程度的杀灭作用。在水中作用时间较短,30 分钟左右失效。粉剂如不在干燥、密封、避光的条件下保存,也易分解失效。漂白粉有效氯在 $25\%\sim32\%$。随保存时间的延长而逐渐衰减,低于 15% 则不能使用。由于漂白粉价格低廉,广谱高效,在鱼病预防和治疗中被广泛使用。氯片是一种白色的片制剂,易溶于水,有效氯达 90%,家庭使用较方便。使用氯作为清理鱼缸的药物,可以使浓度达到 0.5 毫克/升浸泡。注意,这是在龙鱼饲养之前清理鱼缸时使用,龙鱼饲养后绝不可以使用!否则这样的剂量足以要了龙鱼的命。鱼缸清理以后,也要用清水多次冲洗,并用硫代硫酸钠还原。如果用作水体消毒,一般浓度在 0.1 毫克/升。

② 高锰酸钾灭菌:深紫色或古铜色结晶。无臭,易溶于水。在空气中不易分解。水溶液呈粉红色至紫色。高锰酸钾是一种最常用的器具消毒药物。如果用作鱼缸消毒,浓度在 $5\sim10$ 毫克/升,浸泡 $5\sim10$ 分钟。如果用于水体消毒,浓度在 $1\sim2$ 毫克/升。高锰酸钾的一个问题是容易使物体表面氧化,留下黄色的痕迹,影响观赏。所以目前使用高锰酸钾逐渐减少,如果使用,浓度也降低很多。

③ 盐灭菌:盐的浓度达到 0.3% 就可以达到杀菌的效果。而且几乎没有什么鱼对盐有不良反应。水中常含有一定浓度的盐可以起到抑制病原微生物的作用。但是,如果盐的浓度较低,反而会刺激病原微生物的生长,因此,不要使水中经常含有低浓度的盐。

④ 臭氧灭菌:臭氧灭菌也是一种很有效的方法,只要达到某一浓度,可以瞬间杀灭水中的细菌。但是,臭氧的浓度不好掌握,

如果浓度过大,会对龙鱼造成很严重的伤害。目前市场上有小型的家用臭氧机出售,注意选择合适的型号。

4.水质检测

(1)水温:水温使用水温温度计来检测。水温温度计一般要长期浸在鱼缸中,以便随时观察水温变化。水温温度计有玻璃温度计和电子温度计2种。饲养龙鱼最好不要用玻璃的,因为龙鱼这种大型鱼类很喜欢咬水面上的物体,玻璃温度计很容易被它咬坏。而电子温度计的感温探头可以沉入缸底,就不会有这种麻烦了。

(2)酸碱度:pH 的测定有试剂、试纸和试笔 3 种方法。试笔是使用最方便的一种工具,但是价格较贵。试剂和试纸都是采用比色的方法,试纸较为方便,家庭使用的较多。

(3)硬度:硬度的测试一般是使用硬度测试剂,采用比色的方法,使用也较方便。

(4)氨氮:使用氨氮测试剂,通过比色得出结果。

(5)亚硝酸盐:使用亚硝酸盐测试剂,通过比色得出结果。

(6)硝酸盐:使用硝酸盐测试剂,通过比色得出结果。

(7)氯:使用氯测试剂,检验水中的残留氯。

(8)铜:使用铜测试剂,检测水中铜离子的残留量。

5.问题解答

(1)水质对龙鱼有何影响?

水质对龙鱼的影响主要有两方面,一是影响其健康,二是影响其体色,而这两方面又是息息相关的。

试想,如果在一个水体清澈,各方面水质指标适宜,细菌含量低的水体中,龙鱼肯定是舒适的。适宜就会健康,而健康的身体又会产生健康的体色。当然,龙鱼发色的程度不仅与水质有关,还与饵料、环境等相关联,但是水质也是不可忽略的环节。相反,如果水质不适合龙鱼的生存,即使是再好的营养也无济于事。养鱼有句老话叫"养鱼先养水",就是这个道理。

龙鱼的观赏主要是其生龙活虎的形态和艳丽的色彩。如果水质指标不适合龙鱼的生存,龙鱼就会显得呆滞和萎缩,体色也暗淡无光,恐怕再好的品种也无法显示其艳丽。而且在不良的生存状况下,龙鱼很容易生病,那不仅是暗淡无光,还会体色发黑,再严重会一命呜呼,那可就血本无归了!

水质各项指标对龙鱼的影响上面已有所介绍,总之龙鱼饲养的水质条件不可忽视,如果要养出出色的龙鱼,一定要在水质上下功夫。

(2) 龙鱼为什么要换水?

大多数人都会知道养鱼需要换水,但是为什么要换水呢?水族箱养鱼是在一个封闭的水体中,不论水族箱的设备如何先进,水族缸如何庞大,随着喂食、鱼体代谢等活动的发生,水族箱中会不断积累有害物质,最主要的是氨氮的积累。氨氮的积累除对鱼体的直接毒害外,还会引发水族箱中一系列问题的发生,如亚硝酸盐、硝酸盐的上升,水质酸化、老化等,最终导致水族箱生态平衡彻底崩溃,造成水族箱灾难性的毁灭。

换水是解决问题最行之有效的方法。换水实际上就是去除和稀释有害物质的过程,抽出去的水带走了残饵、粪便等污染源,也带走了部分水中的有害物质,加入的新水稀释了剩余的有害物质,使有害物质的含量重新降到了警戒线以下,从而避免了问题的发生。

(3) 如何给龙鱼换水?

① 时间间隔:一般人们都希望被告知到底多久需要换一次水,以便有章可循。但实际上,每个鱼缸的换水周期都有差异,养殖场中硬性规定换水时间是为了便于工作管理,而家庭中如果规定换水时间,不是造成水的浪费,就是会引起换水量不足。自己鱼缸的换水周期不是靠别人来定,而是靠自己。如何判断是否应当换水了呢?一般是根据水的 pH 的变化,养鱼的水 pH 每天都在下降,由最初的一路下滑,直到较稳定的缓慢下降或不下降,但稳定不是代表平安无事,而是水质已极度恶化,换水就是避免水质到达这一程度。龙鱼对水质要求较高,在此过程 1/4 或 1/6 时就要

少量换水了,避免 pH 继续下滑。通过 pH 来了解鱼缸的换水周期,监测几周后即可大致了解,不必每天都测水的 pH 了。测量 pH 的方法最简单,用 pH 试纸即可。另外一种帮助判断的简单方法就是看和闻。看水色是否混浊(发污或发黄),水面是否有大量的泡沫,闻一闻水是否有腥臭气。这种判断方法虽然简便易行,但是需要经验,如果经验不足很容易判断失误。因此,在开始的时候还需要依赖试剂的帮助,同时观察一下水色,时间久了就可以逐渐脱离试剂,练出"一望而知"的功夫。当然,对于刚开始养鱼的人,还是希望得到一些明确的换水周期建议,那么建议你每天做一些吸底排污,这样大概可以换水 1/10~1/8。如果饲养的龙鱼不多,水族缸又比较大,这样的换水量就可以了。这种方法既避免了大量换水对龙鱼的刺激,又保持了鱼缸的清洁。但也要经常检测各种水质指标,特别是氨氮,如果过高要立即大量换水。

② 水温:给龙鱼换水最容易出问题的地方就是水温。家庭因为可晾水的地方不多,很多人会将自来水直接加到鱼缸中,因自来水与鱼缸中水的温度差异很大,往往会引起疾病甚至死亡。有经验的人也会如此做,但他们知道如何通过控制换水量和加水时间来解决这一问题,对于初学者来说,使用未经过处理升温的水无异于往自己的鱼缸中下毒!请记住换入的水与原缸中的水温要尽量相同,温差不可超过 2 ℃。

③ 水质:如鱼缸中的水没有经过水质调节(如 pH 调节剂、沉木、珊瑚砂等),只要水的来源相同,不必考虑水质差异。如加入的水经过水质调节,则注意加水速度要缓慢,至少要半小时以上。

④ 换水量:前面已经提过可以每天少量换水,如果觉得麻烦也可以隔 3~5 天做一次大换水。龙鱼的一般换水量为 1/5~1/4,只要这一换水量足以清理你的鱼缸,间隔多久就由你自己定了。如水质有恶化则要尽量多地换水。

⑤ 手法:龙鱼有爱跳的习性,因此换水时动作要轻,不要惊吓到龙鱼,最好鱼缸上面有防护网。同时不要忘记龙鱼是凶猛的鱼类,随时都可能把你的手当作美味咬上一口,所以最好带上

橡胶手套。要将底部污物排除干净,加水时不可直冲鱼体,应沿缸壁徐徐注入。

(二)饵料与喂食

1. 天然饵料

(1)摇蚊幼虫:又称赤虫、红虫,就是摇蚊的幼虫,主要是供15厘米以下的龙鱼食用。在喂食前,先用水洗干净,去除混在里面的杂物后,轻轻地挤干水分,不要弄碎摇蚊幼虫本身,然后让它漂在水面上供龙鱼摄食。另一点要注意的是:不管你喂的是活的还是冷冻的摇蚊幼虫,都不要喂食老的摇蚊幼虫(也有叫"公虫"的),以免造成龙鱼消化不良。

保存方法:摇蚊幼虫一般只能活几天,很快就会发黑死亡,死亡以后的摇蚊幼虫不能再喂。保存活虫的办法:用湿布或是报纸将摇蚊幼虫摊开,越薄越好(只要面积够大摇蚊幼虫会自己爬开的),然后再盖上一层湿布或报纸,放在阴凉通风的地方,或者冰箱的冷藏室中,要经常在上面浇些水,以保持湿润,这样可以保存5～7天。摇蚊幼虫最佳捕捞季节各地有所不同,一般夏末秋初的时候最好,这个时期的摇蚊幼虫很肥,质量很好。可以在这个时期用冷冻的方法,方法是用食品袋装入适量的红虫,然后把它拍成饼子状,放入冰箱保存即可。

(2)红线虫:又叫水蚯蚓,也是喂食幼龙的饵料,但大部分的红线虫都生长在较污染且肮脏的环境中,所以一定要妥善处理,否则不宜食用。喂食活的红线虫时,可将它们装在塑料制的喂食器中,让幼龙自行吃食,若喂食冷冻的红线虫,则需将它切成小块,直接投入喂食,也可喂食已干净处理过的冷冻干燥红线虫,直接喂食幼龙。

保存方法:红线虫较摇蚊幼虫可多存活几日。保存方法是放在盆中,在自来水龙头底下用很小的水流冲,以保持水的新鲜和流动,这样可存活1周左右。当然这种方法不利于节水,冷冻的方法和摇蚊幼虫一样。

(3)蝇蛆:这主要是供幼鱼食用,蝇蛆中含有很高的蛋白质,只要来源可靠就可以喂。要当着龙鱼的面一条一条地丢下去喂。当然在喂食之前请先洗干净,去除杂物,不过洗的时候要注意,别把活生生的蝇蛆给淹死了。

(4)蚯蚓:蚯蚓主要是供幼鱼到中鱼期间的龙鱼食用。你可以用钓鱼用的蚯蚓来喂食。如果要自己采集的话,必须小心农药污染、杂菌污染等因素。不管是买的还是自己采集的都要彻底洗干净再喂食。家庭饲养,将种蚓放入花盆和一些泥土盆里都可以很好地饲养。

(5)面包虫(黄粉虫):面包虫也是人们常喂食龙鱼的一种饵料,是最易取得的活饵之一,一般鱼市都有卖。通常用面包虫来喂食鸟类,不过也可以喂食鱼类,尤其是幼龙更可用脱壳后的面包虫喂食。龙鱼对干燥饲料不太容易接受,因此用增艳饲料增加龙鱼体色的方法往往行不通。这时可以用增艳饲料喂食面包虫一段时间,等面包虫体色转红时,然后再用来喂龙鱼,可达到给龙鱼增色的效果。由于龙鱼是肉食动物,对于蔬菜类养分的补充是很困难的,但是可以用间接的方法喂食,例如:喂面包虫吃胡萝卜,将胡萝卜切块再喂食 3~4 天即可。胡萝卜含有大量的胡萝卜素,是增加体色的元素,不过要长期饲养才有效。喂食天然饵料与喂食合成饵料(增艳的饵料)所呈现的体色可是大不一样,后者呈现的是死板的体色。

饲养和保存:培养面包虫的容器用木箱、盆、缸等均可,要求容器高 15 厘米以上,内壁光滑,如果内壁不够光滑,敷一层塑料薄膜,以防止幼虫爬走。在箱底先放入过筛的麸皮、米糠等作为饲料,然后放入黄褐色的面包虫,铺在上面,再撒入一些菜叶作为青饲料。菜叶必须清洁,含水分少,稍经晾晒处理以去除生水、露水和减少水分。如果被吃光了,再加入适量。经 7 天左右清理一次和换入麸皮等新饲料。幼虫经一次次蜕皮长大,体长达到 20 毫米以上,可用以喂鱼。30 毫米体长的面包虫,色泽变浅,食量减少,将要进入蛹化阶段。银白色的蛹集中另放,以后蛹体色渐变成淡褐色。蛹期达 2 周以后羽化成成虫枣蛾。雌蛾体短小,雄蛾较长大,再喂过筛麸皮和青菜叶。1 周后,蛾体色逐渐变成黑褐色,开始产卵。事前备好产卵箱,箱底部放一张集卵纸,纸上撒薄薄一层过筛的麸皮,再在上面架放一块窗纱网,蛾在网上,产下的卵从网孔落在纸上。卵很细小,肉眼不易见到,可用放大镜辨认。雌蛾产卵有延续性,产卵时间比较长,所以所放集卵纸 1 周换 1 张。将带有虫卵的纸放入另一培养箱中,经 7～10 天可孵出幼虫,这样可持续饲养达 100 余天。面包虫的蛹也可以喂鱼。面包虫在培养繁殖期间,注意空间不要太小,需通风良好,容器和饲料都要清洁卫生,无霉变,菜叶水分宜少。控制好温度和湿度,特别是在蛹期,防止发生霉菌。幼虫蜕下的皮,不易清除,但饲料不足时,幼虫会将此皮吃掉。繁殖中防止近亲交配退化。还要防止老鼠、蟑螂、蚂蚁危害。

(6)小鱼:在鱼市经常可以看到和买到饵料鱼,根据小鱼体型的大小来喂食不同时期的龙鱼。

保存方法:这种小鱼买回来后,一定要进行消毒处理,同时检疫是否有病,观察无恙后就可以直接喂食龙鱼了。大家可能觉得很麻烦,但是一次的不小心会让你遗憾终生的。保存时可以放在一个大的盆里,最好放一个气泵充氧,这样小鱼的存活时间可以大大延长。同时注意换水,保持水的清洁,减少龙鱼感染的机会。死掉的小鱼一定要及时捡出扔掉,不能再喂龙鱼。

(7)泥鳅:泥鳅也是龙鱼喜欢的一种饵料,但是泥鳅好钻底,如果活着喂,龙鱼去追沉底的泥鳅,很容易撞到鱼缸角,造成伤害。而且泥鳅生命力较强,龙鱼吞入肚子后还活着,会搅得龙鱼肠胃很不舒服,所以应将活泥鳅宰杀后再喂为好。作为饵料的泥鳅,大小以 5 厘米左右为宜。

保存方法:泥鳅有水就能活,但也要经常换水,避免因水质污浊而增加龙鱼感染的机会。

(8)草金鱼:草金鱼价格便宜,个体较大,游动慢,棘刺软,是成年龙鱼不错的饵料,而且还有增加体色的效果。吃不完的草金鱼可以生活在鱼缸里吃剩饵,不会污染水质。如果外出几天,鱼缸中放些草金鱼可以解决龙鱼"吃饭"的问题。草金鱼还可以作为龙鱼饭后消遣活动的对象,放几尾活的草金鱼让龙鱼追追,可以活动活动龙鱼的"筋骨"。喂食草金鱼要特别注意其本身是不是有疾病,以免造成感染。

(9) 蜈蚣:主要是供成龙食用。东南亚地区有人说:喂食蜈蚣的龙鱼,其色彩会变浓,颜色会更艳丽。所以在某些地方蜈蚣是最获好评的饵料。

保存方法:用较深的桶来保存蜈蚣,注意保管,当心它爬出来伤人。

(10) 蟋蟀:主要是供中鱼至成鱼食用,生活在自然水域的龙鱼主要就是吃水面上的昆虫,因此,也可以将蟋蟀当作鱼饵。如果以蟋蟀作主食喂龙鱼,龙鱼的颜色会非常自然,但是蟋蟀并不容易取得,让龙鱼吃饱实在不容易,所以还是把蟋蟀作为"点心"比较好一些。如果用来喂食幼鱼时,最好先去掉所有的硬壳,但如果是成鱼,直接喂食即可。

(11) 贝肉:可供幼鱼至成鱼时期的龙鱼食用,贝类去除内脏,只用肉质部分。喂食前的处理和保鲜方法和鱼肉一样。

(12) 畜禽肉:可供幼鱼至成鱼时期的龙鱼食用。畜禽肉包括牛肉、猪肉、鸡肉等,当然也包括动物内脏。前两者属于红肉,脂肪含量高,容易污染鱼缸内的水,所以不宜使用,只能用鸡肉,而且只用脂肪较少的鸡胸嫩肉,其他部位的肉都不合适。鸡胸肉的喂前处理和保鲜方法和鱼肉、贝肉一样,不过龙鱼对这种肉恐怕不会立即食用,需要一段时间的适应。

(13) 蟑螂:蟑螂是一种龙鱼中鱼至成鱼时期喜欢吃的食物,在红龙兴盛的时期,非常受人追捧。由于蟑螂体色为红褐色,所以会让人有一种错误的感觉,吃了会增加龙鱼的色泽。其实现在的蟑螂,体内重金属含量很高,喂食龙鱼会产生不良影响,应当避免使用。偶尔喂喂也可以,喂食时最好是活的,千万不要喂污染过的死蟑螂。

(14) 鱼肉:鱼肉可以用来喂食不同时期的龙鱼,但应该选择脂肪少的新鲜鱼肉,切成适合龙鱼吞咽的大小和形状,注意不要有尖利的刺露在外面。在喂食前仔细冲洗鱼肉，以免污染水质。不新鲜的鱼肉由于蛋白质和脂肪会氧化变质，长期喂食会引起龙鱼内脏疾病。长期只喂鱼肉会导致龙鱼营养不良，身体肥胖，体色暗淡，故需注意搭配投喂。把新鲜鱼肉连同营养价值高的内脏一起喂食，是最适合的饵料之一。

保存方法：可以把新鲜的鱼肉切成需要的大小，用保鲜袋包好冷冻，冷冻的时间不要太长，以免氧化变质。

（15）虾：虾是龙鱼饲养者最常使用的一种饵料，可以供幼鱼至成鱼时期的龙鱼食用。虾体内含有的大量虾红素，是龙鱼发色的主要原料。同时虾壳中的钙和铁也是非常有益的。如果是养殖虾或海虾，新鲜度的要求和鱼肉、贝肉相同。如果是活虾就更好了。喂食虾前，应先做好处理，一定要把虾剑和尾扇去掉，特别是喂食幼龙时，更应该注意虾的喂前处理。

保存方法：如果是死虾可以按每次的喂食量分成小包，用保鲜膜包好冷冻。冷冻时间也不要长。活虾保存的方法与小鱼相同。

（16）南极虾：可供幼鱼至成鱼时期的龙鱼摄食。可以购买市售的冷冻干燥南极虾，但投喂干饵料有时龙鱼会出现肠胃问题，如果发现龙鱼肛门红肿，就应停喂一段时间。

保存方法：南极虾一旦开封后，吸湿能力很强。因为它们所含的蛋白质含量很高，所以氧化非常快，开封后一定要放在一个密封的容器内再冷冻，不能放在冰箱的冷藏室中，必须冷冻保存，最好在很短的时间内喂完。

（17）虾干：是海虾干后制成的，质地酥脆，很容易碾成粉末。近来很流行用虾干喂龙鱼，鱼市上都有出售。虾干有增色的作用，且浮于水面上，很适合各种大小的龙鱼摄食。虾干可以做成增色饲料，但每顿不要喂得太多，以免龙鱼吃干燥食物"上火"。

保存方法：虾干极易吸水，开启后要密闭保存。

2. 人工饲料

人工饲料的优点在于方便、卫生，可以避免天然饵料带来的各种病原和污染。还有,龙鱼饲料都是浮于水面的,可以减少龙鱼因为在水底寻找食物而引起的眼下垂。但龙鱼对人工饲料一般不易接受,需要一段时间的适应。

人工饲料多是使用鱼粉、大豆粉、玉米粉、小麦粉、复合维生素、矿物质等混合,再加一些增色剂,用黏合剂黏在一起,加工成片状、颗粒状等,烘干而成。有些饲料还会添加如血粉、肝粉、藻类、丰年虫、蚕蛹、诱鱼剂等成分,以增加饲料的营养成分和进食效果。

人工饲料各种营养成分比较均衡,还有增色的作用,基本可以满足龙鱼生长发育的需要,从理论上讲,龙鱼只吃人工饲料就可以了。但是,人工饲料还是在模仿天然饵料,营养成分毕竟不及天然饵料,也不如天然饵料易吸收,在发色上也没有天然饵料自然。所以,如果要达到最好的饲养效果,只图方便还是不行,最好经常加一些天然饵料,使龙鱼得到充足的营养。

目前市场上有很多龙鱼的专用饲料,好的品牌一般效果都不错,大家在选购时可作考虑。

3. 饵料营养成分对龙鱼的影响

龙鱼所需的营养物质包括:蛋白质、脂肪、糖类、维生素及矿物质。可能有人会听说往饲料中添加色素或某些激素会使龙鱼更艳丽,误以为这些也是龙鱼的营养物质。其实,这些色素和激素并不属于鱼类的营养物质,在饲料中添加这些物质只是某些商业性的做法,过多使用色素和激素对龙鱼有害无利。

(1)蛋白质:蛋白质是构成龙鱼身体的主要成分,也是龙鱼重要的能量物质。鱼类对蛋白质的需求远远大于其他动物,因为蛋白质不仅为鱼类的生长发育提供物质基础,而且鱼类活动的能量大部分是由蛋白质提供的,而不是像其他动物是由糖类提供。蛋白质不足会引起鱼类体质瘦弱,免疫力下降,发育异常等问题。因此,每天的食饵中必须含有一定比例的蛋白质成分。蛋白质的最适量因龙鱼的年龄、季节而有所不同。一般幼鱼较成鱼稍高,每千克体重需补充 11～12 克蛋白质,成鱼每千克体重补充 9～10 克。

繁殖季节需补充高蛋白饵料,否则会影响生殖器官的发育。蛋白质的来源主要是动物性饵料,大豆中也含有丰富的蛋白质。饵料中的蛋白质含量应当不低于 25%。

(2)脂肪:脂肪是鱼类脂肪酸的主要来源,亦可为龙鱼提供能量,一些维生素也需要溶解在脂肪中才能被吸收。因此食物中脂肪的缺乏会引起龙鱼抗寒能力的降低,及脂溶性维生素的缺乏症,龙鱼的生长发育也受到影响。龙鱼饵料中脂肪的补充量是每千克体重 1~2 克。饵料中脂肪含量不宜过高,否则会影响龙鱼的体形;更严重的是脂肪会沉积于内脏周围,导致病变,致使龙鱼死亡。脂肪来源多,多数饵料中都含有,只要喂食充足,一般都不会缺乏;倒是应当注意避免给龙鱼喂食高脂肪的饵料。

(3)糖类:糖分是鱼类的能量物质,缺乏时会使脂肪和蛋白质的消耗增加,造成鱼体消瘦,但太多的糖分会转变成脂肪被储存起来,影响龙鱼的体形,而且会引起龙鱼的高血糖病。龙鱼到底需要多少糖类物质尚缺乏资料,一般饲料配比中糖类物质占 30%左右。

(4)维生素:维生素是食物中含量很少的一类有机化合物,但其作用却不可忽视。维生素对龙鱼机体中众多生化反应起着重要的参与和调节作用,而胡萝卜素又是使龙鱼产生美丽颜色的重要物质。如果缺乏维生素,龙鱼就会产生代谢紊乱、食欲减退、生长停滞、免疫能力下降等问题(表 1),因此,饵料中(特别是人工饲料中)添加一定量的维生素是非常重要的。在选购人工饲料时要特别注意维生素的含量。

表1　缺乏维生素对龙鱼的影响

维生素种类	缺乏导致的不良反应
烟酸	食欲不振、运动性差、肠胃障碍或水肿(但并非腹水,而是指肠胃组织水肿肥大,这种情况解剖病鱼后可以发现)
维生素C	主要对骨组织、伤口复原能力或经常性碰撞出血的恢复影响最大;会导致脊柱侧弯、前弯,骨胶原减少,及各种物理性伤害后难以复原的现象。维生素C缺乏并不会让鱼表现出拒食或运动不良的症状,所以大部分会为被人们忽略

维生素种类	缺乏导致的不良反应
维生素 B_1	食欲不振、肌肉痉挛（死亡前痉挛）、丧失平衡感、丧失距离感
维生素 B_2	会造成水晶体混浊（也就是发生白内障的现象）、食欲不振，使死亡率增加。如发生白内障，若非六鞭毛虫或其他寄生虫所引起的，要特别注意是否为维生素 B_1 缺乏所导致。通常白内障是不会在龙鱼中遗传的，只有白化瞳孔的鱼，请特别注意这点
维生素 B_6	会导致食欲不振、运动能力失调，容易紧张（神经质）、腹水，呼吸急促，软鳃内吸（内翻）现象。内翻鳃的鱼虽然少见，但通常补充维生素 B_6 或整个 B 族维生素即可改善并痊愈
维生素 B_{12}	贫血，对体色有影响，导致抵抗力变差，容易受疾病感染
维生素 A	生长速度明显下降、体色变白、眼球与鳍基部充血、贫血、肝萎缩
泛 酸	食欲不振；鳃丝呈杆状，分泌物增加覆盖整个鳃片，造成呼吸困难；各鳍下垂，动作迟缓
肌 酸	生长迟缓，肠胃膨胀，解剖后发现肠管变成灰白色

（5）矿物质：鱼体内的矿物质，按照含量可分为常量元素（如钙、磷等）和微量元素（如铁、锌、锰、铜、钴、硒等）。饵料中缺乏某种矿物质同样会导致鱼类代谢障碍，严重的还会导致死亡。

钙和磷在鱼体代谢中紧密相连，两者之中缺乏一种，就会同时影响到另一种的营养价值。鱼体中的钙，约 80% 储存于骨骼中，约 10% 存于皮肤（包含鳞片）；鱼体中的磷，50%～60% 存于骨骼中。对龙鱼而言，钙、磷不足所产生的影响较明显的就是蛀鳞。常看到一些龙鱼生活在最佳设备之中，食物源源不绝，但反而出现蛀鳞或过度肥胖的问题，均是饲主爱鱼心切，喂食过精，而没有注意食物营养均衡，导致钙和磷缺乏和失衡的结果。

微量元素缺乏亦会对龙鱼产生影响。缺铁时，会造成缺铁性贫血。缺乏锌时，会出现生长不良、死亡率高、鳍与皮肤的炎症，甚至会引发白内障。锰在鱼体中以骨骼中的含量最高；若缺乏锰，会造成鱼尾柄部生长异常，出现萎缩，若同时又缺乏磷，那就会造成骨质发育不全。铜是主要存在于鱼的肝脏之中，若缺乏，则会造成体重无法增加。钴是维生素 B_{12} 的主要构成元素，欠缺时会造成上

述维生素 B_{12} 缺乏的症状。硒的生理作用与维生素 E 的作用有很密切的关系,缺乏时鱼体会出现肌肉发育不良,以及幼鱼死亡率高的现象。碘大部分存在于甲状腺中,若缺乏碘则会造成龙鱼暴毙。

上述这些矿物质元素几乎都能溶于水中。若使用的饲水是经过人工过滤的,则建议在每次换水时,务必要添加微量元素。此外建议各位饲主们以含磷量高的小鱼作为龙鱼的主食,以昆虫类作副食,使食物营养均衡,保证龙鱼健康成长。

4. 喂食方法

(1)喂食次数:15 厘米以下的龙鱼正在长身体,而且体质较柔弱,需要较多次的进食,少量多次才能满足身体对营养物质的需求,因此,每天的喂食次数不应低于 4 次。20 厘米以上的龙鱼生长到了最旺盛的时期,但进食过多极易造成内脏脂肪的堆积,成为健康隐患。此时龙鱼以每天投喂 2 次为宜。成年龙鱼生长已很缓慢,对食物的要求已不是太多,此时龙鱼每天投喂 1 次就可以了。

(2)喂食量:15 厘米以下的龙鱼虽然需要大量进食,但是每次进食量不宜过大,因为这样小的龙鱼肠胃功能还不太健全,吃得过多很容易引起消化不良,严重的还容易撑死。应当每次吃五六成饱,吃到肚子微微有些鼓就可以了,一天多喂几次。

20 厘米以上的龙鱼,生长迅速,进食凶猛。一次可以吃下大量的食物,以致肚子可以撑得很圆。但并不能由着它们的性子吃,否则龙鱼很快就会变得肥胖,不仅失去美感,而且还会为未来的健康埋下隐患。另外,生长过快也不是好事,这样的龙鱼寿命往往不长。每次喂食时,只要龙鱼进食不再凶猛就可以结束了。

成年龙鱼喂食量需要特别注意,绝不能喂得过饱,应当让龙鱼保持一定的饥饿感,这样不仅有利于龙鱼的健康,而且可以保持优美的体形和活力。成年龙鱼并不需要很多食物增长身体,食物只是满足基本的身体代谢而已。在狭小的空间里,成年龙鱼并没有很大的运动量,如果进食过多,就如同缺乏锻炼的成年人一样,很快会发胖,还容易引发各种“富贵病”。成年龙鱼进食一般五六成饱就可以了,喂食的时候一点一点投喂,当龙鱼对食物逐渐失去兴趣的时候就停止。不要以喂食当乐趣,不停地喂,直到人失去了兴趣为止,那就糟了。

(3)喂食的手法:喂龙鱼最好固定在某一时间,并且固定在鱼缸的某一位置,这叫"定时定点"。固定喂食的时间和场地可以使龙鱼建立好的条件反射,有利于龙鱼养成规律的生活习惯,这样对龙鱼的健康是大有裨益的。

龙鱼喂食点必须在较宽阔的地方,比如在鱼缸的中间,因为龙鱼进食动作很凶猛,如果摄食空间狭小很容易撞伤。由于龙鱼有跃起捕食的习惯,容易跳出鱼缸,所以鱼缸的上面要有覆盖物,最好是有一张粗网眼的防护网,食物可以从网眼中丢进去。

龙鱼觅食的时候会一直盯着水面,如果有目标就会一跃而起,一口咬住。如果这个目标是人手,那后果就可想而知了。所以喂龙鱼时,不能用手拿着食物在水面逗引龙鱼,还要注意喂食的时候手不要下意识地搭在缸沿上,甚至不要俯身在水面上看龙鱼,这些动作都可能遭到龙鱼的攻击。据说也有主人与龙鱼亲密接触,可以抚摸龙鱼,甚至能用手直接喂龙鱼。这不是不可能,但绝不是一朝一夕的相处就可以达到的,如果轻易尝试这种"亲密接触",那付出的一定是血的代价。

(4)龙鱼"饭后休闲":差不多在所有的观赏鱼中,只有龙鱼享有这种"饭后休闲"的待遇。让龙鱼"饭后休闲"并不是因为龙鱼昂贵,而是出于保健的目的,通常包括"休闲玩具"和"餐后点心"。

龙鱼有垂眼的毛病,而透明的鱼缸往往会让龙鱼往下看,使得龙鱼的眼睛很快就下垂了。因此,饭后放一些带色彩的玩具浮于水面,让龙鱼经常盯着看,可以避免眼下垂的问题。这种饭后的休闲玩具一般是彩色的乒乓球或是一盏灯。还有一种自制的玩具,制作方法如下:先取一个乒乓球大小或再大一些的透明容器备用;将一只蟋蟀或是其他龙鱼喜食的昆虫弄死,掏空肚子后晒干,以免腐烂;将透明容器掏一个能将蟋蟀放进去的小洞,然后将小洞封死且不透水。这样龙鱼的玩具就做好了。将这个玩具漂在水面上,龙鱼为吃到里面的食物会一直盯着看,这样就可以解决它往下看的问题。但是无论用哪种休闲玩具,大小一定要选好,不要让龙鱼吞进去,否则可就不好玩儿了!

龙鱼餐后的点心可以起到增色的作用,特别是喂食人工饲料或是肉块的龙鱼。在主食吃过以后,喂几只蟋蟀、蟑螂、草金鱼等活饵,不仅可以让龙鱼运动一下,还能有效地增加各种维生素和矿物质,使龙鱼颜色更加鲜艳。选择这些点心要注意量不能大,且不能是高脂肪食物,否则"零食"吃得太多也会使龙鱼发胖的。

5. 稚龙的饲养

近年来有饲养稚龙的风气,所谓稚龙就是刚刚孵化还带有卵黄囊的龙鱼,所谓"龙吐珠"就指的是稚龙。带有卵黄囊的稚龙身体上有好看的黑白条纹,随着卵黄逐渐吸收完而逐渐褪掉。

稚龙的饲养需要注意如下几点。

① 不要碰掉卵黄囊,捕捞、换缸的时候要连水带鱼一起捞起。

② 温度要比正常的饲养温度高 2～4 ℃。

③ 待卵黄囊被吸收完全、鱼开始捕食的时候,要投喂活的小型饵料,比如孑孓、红虫、水蚤等。

6. 问题解答

(1) 龙鱼是不是越肥越好?

有些人认为龙鱼背厚实、体宽强壮就是健康的表现,因此会让龙鱼多吃快长,好把龙鱼养得厚实滚圆。其实,龙鱼背部厚实一些的确是健康的表现,但是一定要适度,龙鱼本身的体形是极侧扁的,如果从背部看上去,龙鱼都养成了鲤鱼,那就不是健康了。

龙鱼过胖的时候,身体显得厚实,但增加的并不是骨骼和肌肉,而是大量的脂肪。鱼类是没有皮下脂肪的,脂肪的增长大部分集中在腹腔脏器的表面,还有肠系膜上,这会给内脏带来很大的压力,还容易引起脂肪肝、脂肪瘤、癌症等病变。未成年的龙鱼肥胖,会导致内脏被牢牢地包在脂肪团中,严重影响发育,最终引起死亡。

由此可见,龙鱼的胖一定要适度。正常体格的龙鱼从背上看犹如一条蛇,可以看到背部一排鳞和第五排鳞的一半。从侧面看,龙鱼的腹部不能侧凸,腹棱要明显且平直。

（2）如何使龙鱼更亮丽?

一尾红龙鱼的美,其优良品种是先天的条件,但后天的培养也相当重要,因为先天条件是一种潜力,如果没有后天的培育,促使它发挥潜力,表现出美的一面,这是一件相当遗憾,且令人扼腕的事。而要让龙鱼展现它的美,需从以下几个方面入手。

① 体形:如果想要将一尾龙鱼体形培育成锦鲤的体形,那是件不可能的事,但是要将龙鱼培养成标准体形却不是一件困难的事情。所谓标准体形,是指各部位比例匀称,不可过胖或太瘦,甚至于畸形、驼背。要形成漂亮的体形,环境、饵料及造浪器是必备条件。

环境(水族箱)的大小,直接影响龙鱼成长与体形发展;环境空间小会使成长中的龙鱼体型短小,呈圆胖形或驼背,必须依龙鱼尺寸来提供环境大小,基本上是依龙鱼长度的 3 倍为鱼缸的基本长度。

饵料方面,要营养均衡,主食副食搭配均衡,避免龙鱼偏食。投饵量不可过多,要控制好,幼龙鱼通常一天 2 餐,早晚各 1 次。成年龙鱼每天一餐。量的控制,是以龙鱼的最大食量(即吃到不想吃的量)减 25%,即是最佳喂食量。控制食量能够避免龙鱼体形过胖,反应迟缓,使龙鱼生动活泼,增加与主人的亲密感。最重要的是还可以通过喂食量来判断龙鱼的健康状况,例如:平常每次食量是 5 尾鱼,但是连续数天都喂不到数量,而且日益减少,即可以断定龙鱼有问题。其原因可能是人为惊吓、水质变化或疾病感染,应该及早处理。

造浪器的主要作用是增加溶解氧及水流速度。龙鱼在大自然里,是在宽广的河流中生息,必须在河流中穿梭找寻食物,游动量充足,然而在水族箱的有限空间里,在主人悉心照顾下,饵食不愁,极易因游动量过少,吃的食物营养太丰富,而产生肥胖,造成体力不足、抵抗力减弱等现象,加设造浪器,正可以弥补水族箱的饲养缺点,增加龙鱼的体力及抵抗力。

② 胡须:胡须是龙鱼威势的延伸,如果有断须、短小、不挺、不正的情形,威武之相便大打折扣。而要培养胡须挺直,先得要准备一个适合活动的空间,并且预防胡须碰断变形。在一个空间不足的环境,龙鱼会因过于狭隘而用颚尖不断地摩擦缸壁,使胡须生长受阻,并且会使颚尖在长时间摩擦之下形成肉瘤,影响美观。

防止胡须损伤须注意:不要摆设装饰品,如假山、造景石块等;喂食时不要在水族箱角落投饵,应在水族箱中间;不要拍打水族箱惊吓龙鱼;水族箱上部加固用的玻璃条应打磨。

上述 4 种情形都可以防止龙鱼因追食或惊吓跳跃时使胡须受到伤害。胡须如果受到伤害断落,复原则依鱼龄大小而快慢不同。通常是幼龙鱼恢复生长力强,大龙鱼则较缓,甚至停止生长。断须情况有 2 种:一为连根齐断,较难恢复,即使幼龙也难再生长;二是未伤及根部,需要将断须切除,以免日后愈合变形。

③ 眼睛:龙鱼的眼睛应是平贴、明亮有神才算美,而一般在水族箱饲养的龙鱼,大多有眼睛下视的现象。产生眼睛下视的原因有多种,如眼部脂肪堆积,找寻沉底性的活饵如鱼虾等,或是因水族箱为透明体,而且鱼箱位置较高,龙鱼被外界平地环境所吸引,注视日久而形成一种自然生理现象。避免龙鱼眼睛下视方法如下。

喂食浮性饵料(干燥饵料或昆虫类),若喂鱼虾之类饵料则先将其弄昏或弄死,再慢慢逐一投入水中,使其刚接触水面即被龙鱼吃掉。

夜晚或不观赏龙鱼的时候,点亮照明灯,水族箱四周用黑布或不透光材料围遮。

④ 鳃:正常的鳃盖应该光滑平顺,没有挫伤皱纹或翻鳃现象。要将鳃盖养漂亮,须注意下列几点:不要摆设装饰品,如假山、造景石块等;保持恒温,温度过高鳃盖表皮及头部表皮会产生皱纹,冷热温差过大会造成翻鳃症;定期换水,保持最佳水质;提高水中溶解氧量;鳃部如有挫害损伤,须投入适量抗生素或专用鱼药,防止伤口细菌感染。

⑤ 鳞片:龙鱼的巨鳞是吸引人的重要元素之一,正常的鳞片应是光滑平顺,排列整齐,平时应避免擦撞破损或掉鳞。

防止鳞片破损或掉落的方法为:不要摆设装饰品,如假山、造景石块等;注意龙鱼是否遭寄生虫感染或白点病,因为龙鱼遭受感染会为止痒而摩擦身体,造成鳞片损伤;定期换水,保持最佳水质;不要惊吓龙鱼;捕捉龙鱼时动作要轻而稳,不要让龙鱼在鱼缸内乱撞,也不要让其在抄网中乱扭或缠在抄网中。如有可能可以使用塑料鱼袋。

鳞片如有掉落,经过3~5周可以复原。在鳞片生长阶段要注意水质,并预防细菌感染,避免因摩擦而使鳞片变形。万一鳞片变形,可以用麻醉方式将龙鱼迷昏,拔出畸形鳞片,待其重新生长。

⑥ 鳍:龙鱼的鳍,如同人的手足,各鳍如有残缺变形,会影响到龙鱼泳姿及整体美观,漂亮的鳍必须平顺展开,梗骨顺直,鳍膜完整无破裂。

要使龙鱼各鳍平顺展开,应从幼鱼时期着手。首先饲养空间不要太大,幼龙在太大的空间中缺乏安全感,容易受惊吓而到处游窜,各鳍在游窜时会收缩,因而影响各鳍日后成长的开展性。幼鱼宜饲养在小面积的环境里,这样较少感到紧张。而且在小环境游动需不时回转身体,鳍自然会展开,有利于鱼鳍的舒展。待幼龙长大一些的时候再移入较大的水族箱。

避免各鳍损伤的注意事项:不要摆设装饰品,如假山、石块造景等;幼龙不要与其他种鱼苗混养或多苗共同饲养;幼龙捞取要用细网目抄网捞取。

如果鱼鳍受伤为单一棘骨折断而鳍膜相连,可以用手从棘骨断裂下半部沿鳍膜撕下,待其重新生长。万一多枝棘骨折断,则要用麻醉方式用剪刀从断裂下方修剪。

鳍棘骨断裂,应立即处理,尤以尾鳍更应及早治疗,因为尾鳍棘骨折断后,鱼在游动时仍然是靠尾鳍摆动行进,所以折断处将无法完全复原;其余各鳍有可能自然愈合,然而愈合后会有不正或畸形现象。修剪过的鳍,复原成长后较完整,但会呈现波浪状,一般无大碍。另外,麻醉修剪手术最好请专家或有龙鱼手术经验者施行。

⑦ 色彩:龙鱼的色彩是龙鱼最重要的观赏点,各种龙鱼的名称就是由色彩而定的。特别是红龙,色彩的好与坏直接影响到龙鱼的品质,如果一尾一级红龙养成了号半,那实在令人遗憾了。

让龙鱼增色的方法有:合理搭配食物,保证蛋白质的摄入;喂食多种食物,保证维生素和矿物质的摄入;喂食天然增色食物,如蟋蟀、虾等;喂食人工饲料可以增色,但色彩不自然。

环境色彩可以影响到龙鱼的体色。如果让红龙发色,可以使用较长时间的光照,还可以采用红色的太阳灯,并且鱼缸的环境颜色要深一些,在这样的环境辅助下,红龙可以显现出较红亮的颜色。而过背金龙则不宜采用过长和过强的光线照射,否则背部会发黑。鱼缸宜采用较浅色的布置,周围透光,这样可以较好地体现金龙金亮的色彩。

(三) 水族缸及设备

1. 水族缸

饲养龙鱼在 10 年前还是以庭院养殖为主,这是因为龙鱼个体可以长得很大。但目前一般都是在室内进行,原因是便于观赏,可以让人们更清晰地观赏龙鱼优雅的泳姿、艳丽的色彩、华丽的斑纹以及高雅的品貌。还有一点,在室内养殖不受外界环境和天气变化的影响,人工控制饲养的水环境、光照等;而且避免了敌害生物的威胁,减少疾病的发生,即使发生疾病也可以及早发现。室内养殖使用的水族缸通常是长方形的水族箱。其大小和形状也可以根据个人喜好而定,如做成正方形、圆形、弧形或其他形状。但是一定要满足龙鱼游动的需要,特别是长度,一定要长一些,宽度也要让龙鱼回旋得过来。总的来讲,鱼缸一定要做的大一些,只有在大的水域条件下,龙鱼才能正常生长,鳍条舒展,身体各部分不致产生畸形。鱼缸的质地可以使用玻璃、有机玻璃、钢化玻璃、塑料、亚克利等。目前市场有很多成品鱼缸,并带有过滤设备和照明设备。

有些更为先进,带有电脑控制系统。这些鱼缸只要大小形状满意,尽可以选购。

2. 循环设备

循环设备是使水产生流动的动力设备,目前绝大部分是使用水泵。水泵的种类非常多,有沉水式的,也有干式的,即放在缸内和缸外两种。沉水式的一般使用在较小的水族缸内,干式的使用在较大的鱼缸。无论使用哪种水泵,满足水的循环量是基本的要求。一般龙鱼饲养的循环水量是每小时让水循环 1～2 次,可以由水泵每小时的出水量换算出来。例如鱼缸是 200 升,则需要一个每小时抽水 200～400 升的水泵,或两个每小时抽水 100～200 升的水泵。

3. 过滤器材

过滤器材是使水族箱中封闭的水净化循环使用的主要设备,品种很多,常见的有以下几种。

(1)过滤盒:这是一种最原始的过滤设备,安装在鱼缸上部,是一个长方形的盒子,里面铺有过滤棉,水由水泵抽入过滤盒,经由过滤棉过滤,再由过滤盒底部的出水口流入缸中。过滤盒只能起到一些粗糙的机械过滤作用,基本上没有其他功能,而且不太美观,容易挡住光线,现在的水族箱中已较少单独使用。

(2)沉水式过滤器:外表看像一个黑色的箱子,内有水泵、过滤棉、生化棉等滤材,可直接放在水族箱内,有着机械和生化过滤的作用。其体积较小,占用空间较少,便于管理使用,但处理水体少,只适用于小型水族箱。

(3)滴流式过滤器:是一种效果较好的生化过滤器,采用多孔的、表面积大的滤材(如生化球),这种滤材与普通滤材相比,相同体积却有更大的表面积培养微生物(硝化细菌等)。水先经致密滤材做机械过滤,再流经生化球,水中的氮化合物就得到充分的分解。使用生化球时,不可浸没水中,否则就不能起到滴流作用。这种过滤器价格较高,适用于高档水族箱。

(4)沙槽过滤器:即用沙做滤材,水流经装有沙的过滤槽,可得到机械和生化双重过滤,亦可通过沙质的不同调节水的硬度和酸碱度。用沙过滤除用沙槽外还可以使用沙罐(即压力罐),它处理水体较多,一般用于大型水族箱。

(5)混合过滤器:即几种过滤方式同时使用,是一种比较高效的过滤器。一般放置在鱼缸的底柜中。如水先经过过滤棉,再流经沙槽,再经过滴流过滤器等流回缸中。

4. 滤材

(1)过滤棉:化纤制品,就像一片棉花。用于初级过滤,只有机械过滤作用,须经常清理,有破损、疏松现象须及时更换。

(2)生化棉:外表就像海绵,但比海绵的孔要大,可培养更多的硝化细菌。用于机械过滤和生化过滤,因此不能过分清洁,只须经常做表面清洁即可。

(3)生化球:球形多孔结构,表面积大,有利于硝化细菌附着及水流分散通过。只用于生化过滤,不可经常清理,因此使用时前面必须有机械过滤部分(如过滤棉),滤清杂质的水再经过生化球。现新出的陶瓷环有相同的效果。

(4)沙石:沙石一般在大型系统中应用较多。可直接放在沙槽中过滤,也可用于填充压力罐或流沙过滤器。沙石作为滤材是较普遍较经济的,使用方法多种多样,主要作用是机械过滤和生化过滤。沙石的种类有石英砂和珊瑚砂,珊瑚砂具有增加水硬度的功能。还有使用沸石的,由于沸石表面具有很多小孔,有利于硝化细菌的生长,因此可以起到较好的过滤效果。

(5)陶瓷环:人工烧制的滤材,表面粗糙多孔,可以吸附微生物、蛋白质、重金属等,可以作为培养硝化细菌的附着物,与生物球有相似的作用。

(6)活性炭:活性炭的外观看起来像一种黑色的石粒,有用碳粉压制成的,也有直接用各种果壳烧制成的,其内部具有很多细微的小孔,有吸附的功能,可以脱色和除臭,有净化水质的作用,而且起效很快。但其吸附作用很强,会吸附掉水中很多有益的物质,因此不宜过久放置,水质清澈后即可取出。活性炭使用时要先用清水反复冲洗,以免大量炭粉冲入水族箱中。活性炭需放置在过滤槽中,有充分水流经过的地方,使水经过活性炭净化。用过后的活性炭可用温盐水浸泡清洗,经晾晒后可再次使用。活性炭寿命有限,吸附饱和后即要更换,如继续使用,不仅不能起到吸附作用,反而有害。

(7)树脂:树脂是一种人工合成的有机物,其用途是通过交换作用来去除水中的钙离子和镁离子,从而降低水的硬度。树脂分阴离子树脂和阳离子树脂两种,阳离子树脂吸收钙、镁离子,释放出钠离子,阴离子树脂吸收水中的阴离子,释放出氯离子调节水的酸碱度。两种树脂须配合使用。树脂最初在水硬度大的地区应用较多,似乎是调节水质最好的方法,但后来发现,树脂的交换并不是针对钙镁离子,同时也交换掉了水中其他一些有用的离子,如铁离子等,成了完全的去离子水,并不太适合鱼类生存。而且这种去离子水与本地区水质有着巨大差异,也给换水造成了困难。最好是使用树脂制出软水与硬水,然后混合成一定硬度的水。

5. 充氧设备

充氧设备通常使用的是空气压缩机,也就是气泵。目前市场出售的有电磁振荡式和马达式2种。电磁振荡式的体积小,噪声低,并可用外接电源和干电池,一般家庭较适合使用。这类气泵有单孔、双孔和四孔的几种,可以按需要选购。

气泵并不是所有的鱼缸必须具备,在水族缸大、鱼密度低的情况下不需要使用气泵。只有在鱼密度较大的时候才需要用气泵辅助增氧,否则,正常循环带入水体的氧气已经足够龙鱼呼吸了。气泵通常是一种应急设备,一般是在停电或其他紧急时候使用。龙鱼其实并不喜欢气泵,一是龙鱼会咬气头,二是气泵产生的细碎气泡可能对龙鱼的呼吸产生影响。

使用气泵时要注意气泵位置要高于水面,防止水倒流回气泵。气管不要打折。

选购气泵要考虑鱼缸的大小和鱼的密度,气泵功率的大小以气石沉入水底仍可正常出气为准。如鱼密度较大可以选购多气孔的气泵,多放几个气头。要保证气泵的质量一定要选购品牌较好的产品。气泵的噪声要低,出气量要大。气泵是"养兵千日,用在一时"的设备,不选择好一些的气泵就可能在关键的时候给你造成麻烦。

6. 恒温设备

龙鱼是一种冷血动物,要靠环境温度来调节体温,因此保持水温在适宜的范围内是非常重要的。如果不是在热带地区,保持水温要靠恒温器。恒温器的工作原理是在低于预定温度时开始加热,到达预定温度以后即可切断电源停止工作。

（1）加热棒:加热棒的是靠电阻丝产热,使水温升高,从而达到升温的目的,是一种单向调温设备。电阻丝是放在一个玻璃或金属的套筒中与水隔离。金属套筒一般都是密封的,可以完全浸没于水中。玻璃套筒有些密闭的效果并不理想,如长期浸于水中,会有水渗入,损坏电阻丝,因此使用时要将密封口置于水面以上。但因此引来的问题是龙鱼会啃咬加热棒的头,造成加热棒脱落。对付这个问题,最好是将加热棒的工作指示灯转向缸壁,让龙鱼看不见,龙鱼看不到灯就不会有那么大的好奇心了。目前出售的加热棒顶端都带有温度调控器,可以设定控制的温度。低于设定温度开始加热,高于设定温度停止加热。温控器的精确度各个品牌不一,好的品牌温差在 $1\sim2$ ℃之间,质量较差的就不好说了。使用加热棒的时候应当用温度计进行校正,并且经常检查温度,以便更好地控制温度。

加热棒使用时,电阻丝部分必须完全浸在水中,加热也必须在水中进行,不能在空气中。如要从水中取出加热棒,必须待其冷却以后,否则加热棒的外壳会因为过热而炸裂。换水、捞鱼等操作时,要注意不要撞击加热棒,尤其是玻璃套管的,撞击极易使玻璃套管破裂。

加热棒在夏季不使用的时候不要放在鱼缸里,应当取出。一般认为,加热棒在高于设定温度的时候是不工作的,因此很多人为了方便,就将加热棒常年放在鱼缸中。其实,加热棒在使用较长时间后,温控装置很容易产生偏差,可能在温度很高的情况下突然加热,也许你一早醒来,一缸"龙鱼汤"已经煮好了!为保证你的龙鱼安全,在不使用加热棒的时候,要将加热棒从鱼缸中取出,洗净收好。这样也可以增加加热棒的使用寿命。

使用加热棒要注意安全,因为电器元件直接与水接触,如有腐蚀或破损极易发生触电的危险。因此要经常检查加热棒的情况,最好备有一支试电笔,在鱼缸操作前试一下,以免发生意外。

(2)底部加热线:这是将加热线埋在鱼缸底沙中加热的方法。其原理是热水上升,冷水下降,在鱼缸中产生对流,从而使鱼缸中的水温得到均匀的升高。加热线可以使沙层中的水都得以循环,因此避免了沙层中产生循环的死角而发黑的现象。加热线使用的是低压电,因此很安全。底部加热线由于在底沙内,所以不影响整体的美观,还避免了龙鱼咬加热棒的问题。但问题是底部加热线的价格较高。

(3)制冷机:这是一种可以双向控温的设备,工作原理与空调差不多。制冷机可以将鱼缸的温度控制在某一温度范围以内,既可以加热,也可以制冷,解决了夏季温度过高时鱼缸温度控制不了的问题。制冷机装在缸外,通过管路与鱼缸相连,一般使用在大型鱼缸中。制冷机价格较昂贵,但是如果你买了一尾昂贵的龙鱼,又想让它过得舒服些,那么配上一台制冷机也是值得的。

7. 照明设备

在水族箱中饲养的龙鱼与生长在野外的龙鱼一样需要光线的照射,龙鱼需要光线虽不像植物一样,但光线对龙鱼的生长发育及内分泌等都有着重要的影响。一般水族箱是无法接受日光照射的,都是使用人造光源。光照的时间就像日出日落影响人的作息时间一样影响着龙鱼的生物钟,特别是使用人造光源的水族箱,开灯关灯的时间要固定,不可随意打乱,否则会引起龙鱼生物钟紊乱,造成鱼体质的衰弱。正常的生物节律可以保证龙鱼内分泌的正常,各种脏器有规律的工作。光照时间一般8小时即可,开关灯的时间按人的方便可随意制定,最好还是以大自然的规律为准。

光照如果太暗,龙鱼会暗淡无光,花纹会褪色,昏暗的光线也不利于观赏。相反,如果光照强度过大,龙鱼也会发白,而过背金龙或是红尾金龙则背部会被晒黑,也影响其观赏效果。光源应当使用较接近日光的灯具,有利于龙鱼正常发色。以荧光灯为例,水族箱的规格和灯具照明强度参考表2。

表2　不同规格水族箱的灯具照明强度

水族箱规格（厘米）	荧光灯		水族箱规格（厘米）	荧光灯	
	功率（瓦）	数量（支）		功率（瓦）	数量（支）
75×30×45	20	1	120×60×60	60	2
90×45×45	20	2	150×60×70	75	2
120×45×45	40	2	200×90×75	60	4

灯具的位置要在上方或是斜上方,这样才符合自然规律,龙鱼才感到舒适。不能在鱼缸的中部或是在下方照明,这样会使龙鱼不安,而且会加重龙鱼的眼下垂。

一般水族箱常见的光源有荧光灯、水银灯和金属卤素灯几种,每种各有其长处和特点,读者可根据条件和需要配置。

荧光灯就是我们通常见到的灯管,普通灯管的效能为9流明/瓦。水族箱使用的灯管不仅可用普通的家用灯管,现在为养殖的需要还设计了很多不同颜色的荧光灯,称作植物灯,效能为55～75流明/瓦。如果饲养红龙,可以用紫红色的植物等来衬托其颜色。荧光灯管的使用通常是放在灯盒中,做水族箱的盖子,优点是保持了水族箱外观的完整性,只留出水中部分供观赏,如一个镶在镜框中的风景画,人从各种角度都不会看到灯管,不会被刺眼的灯光干扰。但使用荧光灯时必须要加反光罩,否则,光线是不会自动向下照的,造成光照的损失。荧光灯的缺点是灯盒密闭,不利于散热,在夏天尤其明显,灯管产生的热量使水族箱中的温度难以控制,而且过高的工作温度也使灯管的寿命大大缩短。有一种跨式荧光灯是将灯管安装在一个桥式灯架上,其特点是安装方便,可随意放置在任何长度适合的水族箱上。开放式结构散热性好,不会在夏天影响水族箱及灯管的寿命,也可以从水族箱的上方观赏水族箱,造型别致,别有韵味。只是有时坐在水族箱前面时会被灯管的光亮刺到眼睛,所以要注意水族箱摆放的高度。

水银灯一般是悬吊在水族箱的上方,用于开放式水族箱,造型高雅,是家庭装修的理想灯具。水银灯光谱较全,光色纯净,效能为52~55流明/瓦,适合龙鱼的生长需要,也会产生很好的观赏效果。在使用水银灯时,因水银灯辐射角度较大,因此必须要有一个抛物形的灯罩,减少光照损失,且投射角度不能让我们坐在缸前时直接看到灯光,灯罩须是不锈钢的,以免溅水生锈。

金属卤素灯最早用于体育馆、摄影棚的照明,后来才开始用于水族箱。它的特点是光谱更接近于太阳的光,光照强度大,效能为74~77流明/瓦,穿透力强,可提供从水面到水底的充足照明。但金属卤素灯产热较大,只适合于开放式的大型水族箱,悬吊高度在40厘米以上,且有较强的辐射,必须配合玻璃滤光器使用。金属卤素灯现不断被改进,前景看好。

8. 造浪设备

造浪器是龙鱼饲养中被大量使用的设备,主要是为龙鱼锻炼身体,保持优美的体形。所谓造浪器就是一台小型的水泵,放置在水的表层造出一股水流,由于龙鱼有逆流而上的习惯,因此会迎着水流不断游动,从而起到锻炼身体的作用。这台小水泵的功率不宜太大,不然龙鱼会被冲得东倒西歪,消耗大量的能量,起不到好的锻炼目的。小型水泵上都带有一个气管,可以在运转的时候带进空气,吹出细小的气泡,起到类似气泵的作用,这里不建议大家使用,因为这种细小的气泡有可能会导致水中溶解氧太高,并且集聚在龙鱼鳃部,导致气泡病的发生,有可能会致使龙鱼死亡。

9. 其他器材

(1) 手抄网:手抄网是养鱼必备的工具,一般用于捞鱼和捞取杂物,还有捞饵料鱼用。但是养龙鱼是很少用网去捞的(一条贵重的龙鱼谁舍得把它捞出来晾着呢?)。养龙鱼用的手抄网一般都是用于捞取杂物和饵料鱼。捞杂物的抄网选择较为随便,对网框的形状、网眼的大小没有什么特别的限制,只要能捞出杂物即可。当然方框的比较好用,可以紧贴缸底,便于操作。捞饵料鱼的抄网最好与捞杂物的抄网分开,并且要经常用开水或是其他消毒剂消毒,避免龙鱼感染疾病。龙鱼虽然极少被捞,但事有万一,万一需要捞一下,就需要准备一把好的手抄网了。首先,捞龙鱼的抄网框架和手柄必须结实,龙鱼离水后会扭动得很厉害,网框和手柄很容易折断。其次,网布必须柔软细密,同时还要具有韧性,这样才不会损伤龙鱼身体的任何部位,又不至于被龙鱼尖利的牙齿划破。虽然龙鱼体型较大,但千万不要使用粗大网眼的抄网,否则龙鱼的胸鳍等部位会挂在网上。再有,网框要比较大,网兜比较深,这样比较容易捞到,也不会让龙鱼跳出去。

(2) 排水管:排水管的作用是清污排水,是龙鱼换水时的必备工具,一般都使用塑胶软管。龙鱼是大型鱼,通常都是养在较大的鱼缸中,水量一般都在200升以上。如果选择很细的排水管实在是给自己找麻烦了!缓慢的排水速度一定会令你烦不胜烦,而且吸力不足也会影响污物的清理。管子太粗的也不好,不仅很重不顺手,而且过大的吸力会把不该吸出去的东西也吸走了。排水管的直径在2.5毫米左右较适合家庭使用。

龙鱼缸一般会铺设一层彩沙作装饰,底沙的清理可能会比较麻烦,可以使用洗沙器进行清理。洗沙器市场有售,也可以自制一个简易的装在排水管的前面。可利用废可乐瓶子,制作方法是:根据水族缸的大小选择一只1.25升或600毫升的塑料可乐瓶子,清洗干净,削去瓶底,瓶口用一只40厘米左右长、粗细合适的硬管插接,用胶带密封粘接好,硬管另一端接排水管,这样一个简易的洗沙器就完成了。洗沙器吸水是靠虹吸原理,使用时放入缸中,将沙吸入瓶中,可以看到沙在瓶中旋转,不会被吸出,污物则顺着水流被带走。

（3）储水桶:不论哪种水源,在换水前都需要晾晒,因此必须准备储水桶。储水桶的大小需要满足换水量,如有可能尽量大一些,以备万一大量换水时使用。

（4）水盆和舀子:水盆的作用很多,可以搬运水,搬运龙鱼,或者饲养饵料。舀子一般用来往鱼缸中加水。

（5）镊子:龙鱼需要在水面进食,而且为避免龙鱼冲撞,活饵需要固定起来。用手拿着饵料喂食实在太危险了,因此需要一支较长的镊子起到手的作用。

（四）外　环　境

龙鱼饲养的环境有内环境和外环境两种。内环境指的是水族箱中的环境,有水质、鱼缸布景、混养鱼种等几个方面。外环境指的是水族箱所处的环境,由于水族箱一般都放在室内,所以也可以说就是室内环境。

首先,室内空气不能含有有害物质,如装修以后室内产生的甲醛等。注意室内空气质量不仅是为了龙鱼的健康,也是为了人本身的健康。如果要使用灭蚊或灭蟑螂等的喷雾杀虫剂,要尽量避免喷到鱼缸中。

其次,室温也是较重要的因素,鱼缸中虽然有恒温设施,但稳定的室温也可以避免鱼缸中温度变动过大。特别是春秋换季的时候,稳定室温可以有效地减少自然界温度波动对鱼缸温度的影响。

龙鱼所处的房间并不一定要宽敞明亮,但必须安静,不要有过多的噪声和突然的惊吓。龙鱼喜欢安静,过于嘈杂会使龙鱼焦躁不安,甚至跃出鱼缸。

七、龙鱼的疾病防治

（一）致病因素

1. 环境因素

（1）温度波动：水温的大起大落是鱼类致病的一个很重要的因素，通常水温的温差短时间变动在 2 ℃以上就会导致龙鱼生病，特别是在降温的时候，会使龙鱼患感冒或白点病等。导致水温波动的原因通常有以下几种。

① 换季：春秋季气温变化无常，这样的变化会直接影响到水温的变化，因此，在天气变化无常的季节，需要经常检查水温或是干脆放入恒温器。

② 换水：换水是导致水温剧烈波动的最经常最普遍的原因。尤其是初学者换水往往不注意温差的问题，造成"每换水必出事"或"换几次水必死鱼"的情况。避免这种问题的方法只有注意给更换的水升温，使其尽量接近鱼缸中的水温，宁可高一点也不能低一点。

③ 恒温器故障：器材故障导致温度波动是一种偶然现象，但也经常发生，如加热棒破裂或是温控失灵等。避免的方法只有经常检查水温及器材，准备好备用恒温器也是有备无患的方法。

（2）水质不适：水质不适也分如下多种情况。

水的硬度、酸碱度等指标不适合龙鱼生长。这往往发生在异地饲养的龙鱼身上，在刚刚更换饲养地时，不适应当地水质，引起抵抗力下降而生病。这也可以说是一种龙鱼"水土不服"的现象。

换入的水与原水差异过大，引起水质指标剧烈波动，导致龙鱼不适生病。

水由于各种原因腐败恶化,氨氮含量上升,细菌孳生,引起龙鱼生病。

(3)卫生不佳:过滤棉或其他滤材清理不及时,污物淤积;喂食后的残饵不及时清理,在鱼缸中腐败;底沙长期不洗,使得粪便污物积累。这些原因都会导致细菌孳生,致使龙鱼生病。

2. 生物因素

指水体中存在致病的生物,即病原体。有些病原体进入水体并不需要特别的途径,如水霉菌会通过空气传播进入水中。另一些病原微生物是通过被病原体污染的水、工具甚至手等传播给健康的龙鱼,而绝大部分病原微生物是通过被污染的饵料传播,如带有寄生虫或其他致病细菌的小河鱼或草金鱼,已经变质的饵料等。

(1)鱼体因素:正常健康的龙鱼可以凭借自身的抵抗力抵御很多疾病的侵害。但在一些特殊情况下,如环境突变、惊吓、运输、繁殖期等,龙鱼的抵抗力会下降,此时致病生物就会乘虚而入。

(2)人为因素:龙鱼生病或多或少都与人为因素有关,有些情况属于经验不足,而另一些情况则属于疏忽大意。养龙鱼虽是一种休闲活动,但也必须仔细认真,细心照料才能养出美丽健康的龙鱼来。这并不是说养龙鱼十分麻烦,剥夺了你休闲的乐趣。如果在一些主要的操作上稍加注意,则尽可以高枕无忧,尽情欣赏龙鱼了。

①喂食不当:龙鱼喂食不当有很多种情况:饵料营养不均衡,蛋白质、维生素等摄入不足,或是脂肪过多;喂食不规律,龙鱼饥一顿饱一顿;喂食过多或过少,导致龙鱼肥胖或消瘦;饵料不洁或变质。这些情况都可能导致龙鱼抵抗力下降或感染疾病。还有一种情况也可称作喂食不当,就是喂的饵料太活跃或喂食的位置不好,导致龙鱼冲撞受伤,这也是龙鱼发生外伤性疾病的原因之一。

②交叉感染:接触过病鱼或其他可能带有疾病的鱼以后,手

或是抄网等工具不清洗消毒就在龙鱼缸中操作,导致病原体传入,这就是交叉感染。避免的方法是龙鱼缸中使用的工具都应单独使用,不可混用。操作以前要清洗双手。

③ 清理不及时:过滤棉积满污物,沙层淤堵得不过水,沉水过滤器淤塞,马达吸不上水来,剩饵沉在缸底长出了很多水霉。诸如此类的情况并不少见,原因是一些饲养者不知道应当清理哪些部位,或是有些饲养者犯懒。这样无异于让龙鱼生活在垃圾堆中,而且可怕的致病菌就在这里面。要解决这一问题,饲养者只有勤快一些,经常检查一下过滤棉或过滤盒。缸边放上抄网和垃圾桶,可以方便喂食后及时捞缸。拟定一个底沙或是过滤器的清理计划可以提醒你做及时的清理。

④ 操作问题:主要是对龙鱼直接接触时不仔细,对龙鱼造成一些伤害。如捕捞龙鱼时动作粗鲁,使龙鱼在缸内乱撞,甚至跃出鱼缸,或是在网中龙鱼挣扎不加防护,致使龙鱼造成撞伤、摔伤、擦伤等。同样,换水、运输等工作不仔细,也会造成龙鱼的伤害。龙鱼的外伤容易导致水霉菌、寄生虫等的侵害,造成疾病。

⑤ 环境控制不好:在气温波动很大的季节没有对温度加以注意;水质恶化时没有及时换水;硬度、酸碱度不适合龙鱼生存时没有进行适当调整。诸如此类的情况都会导致龙鱼的体质下降,引起疾病的产生。

⑥ 换水不当:这是初学者最易犯的错误,有些养了很多年鱼的人,交了很多的"学费"也没有意识到这个问题。初学者在给龙鱼换水时,不了解龙鱼对水质的要求,没有对新水进行必要的处理,特别是升温。有些人为了图省事,干脆就直接使用自来水。殊不知这样"省事"的结果是不日就会为给龙鱼治病而东奔西跑、求医问药,再接下来的结果可能就是龙鱼病故,付出的金钱与精力全部付诸东流。因此,绝不可以为一时的省事,做这种不划算的事情。除此以外,换水的一些小技巧也要注意,如加水的时候不要直接浇在龙鱼的头上,要在远离龙鱼的一侧加水,避免新水与老水的差异引起龙鱼不适。

（二）常用药物及治疗方法

1. 常用药物

（1）福尔马林

【性质】 含甲醛 37%～40% 的水溶液。无色澄清液，有强烈刺激性气味。呈弱酸性，放置太久或 5℃以下，易凝集成白色沉淀物，升温后可重新澄清。

【作用与用途】 对各种微生物、寄生虫具有杀灭作用。用于鲤科鱼类体表和鳃部的病原微生物和寄生原生物的杀灭，并可用于水体消毒。

【用法与用量】 药浴：药物浓度 20～30 毫克/升。

【注意】 过量使用会对鱼产生毒性。人在使用时要注意保护眼、口鼻、手，以免被药液灼伤。

（2）漂白粉

【性质】 含氯消毒剂。白色颗粒状粉末。有氯臭。水溶液呈混浊状。碱性。遇水生成有杀菌力的 HClO 和 ClO⁻，对病毒、细菌、真菌均有不同程度的杀灭作用。在水中作用时间较短，30 分钟左右失效。粉剂如不在干燥、密封、避光的条件下保存，也易分解失效。漂白粉有效氯在 25%～32%，随保存时间的延长而逐渐衰减，低于 15% 则不能使用。由于漂白粉价格低廉，广谱高效，在鱼病预防和治疗中被广泛使用。

【作用与用途】 用于杀灭水中各种病毒、细菌、真菌。由于水溶液呈碱性，也可起到调节水体 pH 的作用。

【用法与用量】 预防：挂篓或遍洒，每月 1～2 次。治疗：遍洒，使水体浓度达到 1 毫克/升。

【注意】 使用过量对鱼的体表及鳃部有强烈刺激，可导致浮头，严重的导致立即死亡。人在使用时注意保护口、鼻及手，以免灼伤皮肤及呼吸道。

（3）高锰酸钾

【性质】 深紫色或古铜色结晶。无臭,易溶于水。在空气中不易分解。水溶液呈粉红色至紫色。

【作用与用途】 消毒剂、杀虫剂。为强氧化剂,遇有机物起氧化作用。用于防治细菌性烂鳃病,及鱼苗、器具等消毒使用。

【用法与用量】 药浴消毒:500 毫克/升,浸洗 1~2 分钟,可治疗黏细菌病。消毒及预防:5~10 毫克/升,浸泡 5~10 分钟。

【注意】 人在使用时注意保护双手,以免灼伤皮肤。

(4) 氯化钠

【性质】 白色四方形结晶颗粒或粉末。易溶于水。水溶液中性,无臭,咸味。

【作用和用途】 消毒、驱虫。低浓度对病原体的生长有刺激作用,较高浓度时,则能抑制病原体的生长,更高浓度时可将病原体杀死。用于防治细菌病、真菌病以及寄生虫病。

【用法与用量】 药浴:浓度 0.1%~0.3%,可防治细菌、霉菌和车轮虫、斜管虫等感染引起的疾病。遍洒:氯化钠与碳酸氢钠 1:1 合用(400 毫克/升+400 毫克/升),治疗水霉病、竖鳞病。

(5) 碳酸氢钠($NaHCO_3$,小苏打)

【性质】 白色结晶性粉末或颗粒,易溶于水。水溶液呈碱性。

【作用与用途】 驱虫剂及抗真菌的辅助剂。用于驱除鱼体外寄生虫。碳酸氢钠与氯化钠配伍,能治疗水霉病。

【用法与用量】 药浴:0.25%浓度,能很快驱除体外寄生虫。碳酸氢钠与氯化钠 1:1 合用(400 毫克/升+400 毫克/升),泼洒,治疗水霉病。

(6) 硫酸铜

【性质】 为蓝色透明斜结晶、蓝色颗粒或蓝色粉末。易溶于水,水溶液呈酸性。

【作用与用途】 作为杀虫剂、消毒剂使用。可杀灭鱼体体外寄生原生动物,也可用于杀灭复口吸虫、血居吸虫的中间宿主——椎实螺、扁卷螺等。还可用于杀灭鱼病病原菌。

【用法与用量】 预防:水中维持 0.15~0.2 毫克/升的浓度,

可防治某些细菌病和寄生虫病。药浴:8毫克/升硫酸铜和10毫克/升漂白粉混合液,浸洗鱼体20～30分钟,可防治烂鳃病、赤皮病、鳃隐鞭虫病、鱼波豆虫病、车轮虫病、斜管虫病和毛管虫病等。

(7) 孔雀石绿

【性质】 绿色金属光泽的结晶。易溶于水,水溶液呈蓝绿色。

【作用与用途】 用于防治水霉病、烂鳃病以及寄生虫病等。孔雀石绿是药用染料中抗菌效力较强的一类,在食用鱼的养殖中已经禁用。

【用法与用量】 药浴:1～5毫克/升,浸洗1小时,用于防治烂鳃、烂鳍病;67毫克/升,浸洗5～10分钟,治疗水霉病。涂抹:1％孔雀石绿溶液涂抹伤口,可防治感染。遍洒:使水体浓度达到0.5～1.2毫克/升,用于治疗小瓜虫病(水温8～9℃);水体浓度0.5毫克/升(水温5～8℃),治疗锦鲤车轮虫病、斜管虫病、三代虫病等。

【注意】 孔雀石绿绝不可接触锌或镀锌的铁质容器,因为它可以溶解足够的锌,引起鱼急性锌中毒。治疗时也应避光。

孔雀石绿会引起鱼的消化道、鳃及皮肤轻度发炎,从而影响鱼的摄食及生长,故不能经常使用。

孔雀石绿具致癌作用,故人使用时应保护皮肤,避免直接接触。

(8) 亚甲基蓝

【性质】 为发亮的深绿色结晶或细小深褐色粉末,带青铜光泽,无气味。在空气中稳定,能溶于水,具碱性,水溶液呈蓝色。

【作用与用途】 作为杀菌、杀虫剂使用。用于防治水霉病、小瓜虫病等。

【用法与用量】 药浴:水体浓度2～3毫克/升;间隔3～4天,以同样浓度再药浴1次,可治疗水霉病。遍洒:药液浓度2毫克/升,治疗小瓜虫病、斜管虫病、车轮虫病、三代虫病和指环虫病等。

(9) 呋喃唑酮($C_8H_7O_5N_3$,痢特灵)

【性质】 黄色粉末,无臭,微苦,难溶于水。水溶液初为淡黄色,后逐渐加深。

【作用与用途】 广谱抗菌药,毒性较低。用于治疗黏细菌性白头白嘴病、烂鳃病、烂尾病和由产气单胞菌引起的体表、鳃和肠道病。

【用法与用量】 药浴:水体浓度 1～2 毫克/升,用于黏细菌病治疗。内服:一次用药量为 0.1～0.2 克/千克鱼体重,混入饵料中,连服 3 天,治疗肠炎病、烂鳃病、六鞭毛虫病等。

【注意】 细菌易产生耐药性,不可长期使用。

(10)呋喃西林

【性质】 柠檬黄色结晶性粉末。稍呈苦味,难溶于水。对光相当敏感,易分解,须在暗处存放。

【作用与用途】 广谱抗菌药。用于竖鳞病、赤鳍病、肠炎病等各种细菌感染症的治疗和预防。

【用法与用量】 遍洒:使水体浓度达到 1 毫克/升,用于治疗竖鳞病、赤鳍病、烂鳃病等。内服:一次用药量 12 毫克/千克鱼体重,混入饵料中,连用 2～3 天,治疗肠炎等症。

(11)青霉素钠或青霉素钾

【性质】 白色结晶性粉末,无臭或微有特异性臭。有吸湿性,极易溶解,水溶液在室温放置易失效。

【作用与用途】 抗生素类药。用于防止鱼在运输时机体受到感染,也用于治疗鱼类外伤感染。

【用法与用量】 药浴:水体浓度 400 万～800 万青霉素单位/米^3。

(12)敌百虫

【性质】 白色结晶,有芳香味。敌百虫制品非常稳定,在室温下可保存 2 年。在空气中易吸湿结块或潮解。易溶于水。碱性环境易分解失效。

【作用与用途】 广谱驱虫、杀虫剂。不仅对体外寄生虫有杀灭作用,对体内寄生虫亦有驱虫效果。用于防治黏孢子虫病、单殖吸虫病、棘头虫病、锚头蚤病、新蚤病、鱼虱病等。

【用法与用量】 遍洒:水体浓度 0.2～0.5 毫克/升,用于治疗三代虫病、指环虫病、锚头蚤病、新蚤病、鱼虱病等。内服:5~10毫克/千克鱼体重,混入饵料,连喂2~3天,用于治疗肠道寄生虫病。

【注意】 敌百虫药效和毒性因养殖方式、水质、鱼体大小及鱼的病情状态等不同而异,应根据具体情况酌情使用。

敌百虫毒性虽比其他的有机磷制剂低,但仍属于剧毒药物,操作和保存均应注意安全。

2. 常用药物浓度单位及用药量的计算

(1) 药物浓度的表示方法及含义:药物浓度通常是指药物溶于水后,做浸泡治疗时单位水体中含药物的量。其表示单位最常用的是"百万分之",符号是 ppm($\times 10^{-6}$),其含义是单位水体含药物百万分之几。实际应用中的单位常用"毫克/升"、"克/米^3"。再有较常用的单位是百分比(%),即药物在溶液中的百分比例,一般是重量比,液体药物也可以是体积比。

(2) 用药量的常用计算方法

用药量的计算公式为:

用药量(克)=养殖水体体积(升)×需要药物浓度(毫克/升)

用药量(克)=养殖水体体积(升)×药物浓度(%)

养殖水体体积计算公式:

水族箱水体:

水体体积(米^3)=水族箱长(米)×水族箱宽(米)×水深(米)

圆形水池:

水体体积(米^3)=3.14×[池半径(米)]^2×平均水深(米)

不规则水池:

水体体积(米^3)=水池面积(米^2)×平均水深(米)

单位换算:

1 米^3=1 000 升

1 克=1 000 毫克

3. 常用治疗方法

（1）浸泡药浴法：这种方法是目前治疗鱼病最常用的方法，是将鱼放入一定浓度的药水中浸泡，达到治疗的目的。通常有 2 种方法：一种是在鱼缸或鱼池中加入一定浓度的药物，使鱼长期浸泡，这种方式主要在全体鱼感染或预防时使用。一种是将病鱼捞出，放入盛有药水的容器中短时间浸泡，主要在少数几条鱼的感染或不宜在鱼缸中下药的情况下使用。药浴的方法可用于多种疾病的治疗，如寄生虫病、体表感染、肠炎等症。

（2）内服药饵法：这种方法是将药物拌入饵料中投喂，主要用于治疗内脏的感染及寄生虫病。

（3）注射法：此法适用于治疗浸泡和口服无法奏效的疾病，主要用于严重的感染和药物很难达到的组织病变。通常采用腹腔、胸腔和肌内注射。大型鱼可采用此法，小型鱼则很难使用。未受过专门训练的人不宜使用。

（4）局部处理法：此法主要用于鱼体表的寄生虫和外伤的治疗。有体表寄生虫的摘除，对局部外伤感染涂药等。

（三）疾病预防与治疗

1. 疾病预防措施

（1）新鱼检疫隔离：新购买的鱼最好不要直接放入缸中，先放入一个单独的隔离缸，观察喂养一段时间，如无异常才可放入观赏缸中，如发现有疾病或寄生虫，要治疗痊愈后方可放入，如无法治愈，恐怕只能忍痛弃掉了。如没有条件单设隔离缸，可将新买的鱼用 0.3％的盐水或 0.1％的高锰酸钾溶液浸泡 5～10 分钟即可，浸泡时要注意观察，如鱼有急游、浮头等现象，要立即捞出放回水中。

（2）避免交叉感染：对鱼缸操作时要清洁双手。在病鱼缸中使用过的工具未经消毒处理不可在健康鱼缸中使用，消毒可用开水烫过或用 1％的高锰酸钾溶液浸泡 5 分钟。最好是对病鱼缸单独使用一套用具，不要混用。

（3）饵料卫生：鲜活饵料，如活鱼等，要保证鲜活，并经彻底清洗处理，方可使用。最好经过冷冻处理，可杀灭大部分病原菌及有害的寄生虫，也可以用 0.2 毫克/升的高锰酸钾溶液浸泡 10 分钟，以免带入缸中病原体引起疾病。对干饲料要放置干燥通风处，以免发霉变质。

（4）水质管理：要了解所养的龙鱼对水质的要求，调整合适的水温及水质，不要使龙鱼产生"水土不服"的现象。不使用未经处理的水，注意用水的安全。经常检测水质，足量换水，保持水质清新。

（5）保持环境的稳定：注意水温的变化，不可使温度大起大落，天气变化时要特别注意鱼缸温度。换水时要注意新水与原水的温度、硬度等的差别是否过大，及时调整。

（6）合理喂养：要按鱼的年龄、摄食量、季节、气候等情况安排合适的饵料，定时定量投喂，并要经常补充些高质量、含多种维生素的饵料，以避免营养不良的情况。

（7）环境因素：龙鱼饲养的环境要安静，不要拍击鱼缸使龙鱼紧张。灯的开关时间要有规律。鱼缸内不要有运动过于活跃或攻击性过强的鱼，以免使龙鱼长期处于紧张状态。

（8）定期消毒：养鱼的用具要定期消毒，可用日光曝晒、开水烫或药物消毒。水族箱也要定期消毒，即使做得再仔细，也难免有一些病原体进入水族箱，定期加一些防病的药物，以防止鱼病的暴发。

（9）及时清理：过滤棉、底沙等滤材要及时清理，不要淤积污物。残饵要及时清除。

（10）操作管理：对鱼的操作要轻要稳，不可马虎急躁。捞鱼时要准确下网，快速捞出，不可穷追不舍，使鱼紧张疲惫，龙鱼捞出后用手覆盖，然后移动。不可惊吓龙鱼，使鱼紧迫。换水时不要吸到鱼，加水时不要直接用水流冲击鱼体。

2. 常见疾病的治疗

（1）生理疾病

① 眼球陷落症

【症状】 俗称眼球下垂。症状就是龙鱼的眼球凸起并下垂。或上半部突出,下半部凹进,形成眼球向下斜视。龙鱼眼球下垂,有单眼下垂,也有双眼都下垂的。这种病并不会致龙鱼死亡,只是影响美观,严重下垂的眼睛看上去像要掉下来一样。龙鱼越老眼睛下垂得越严重,就像睡眼惺忪的老人,没有一点精神。

【病因】 目前有 2 种说法:一是眼球周围因受伤而被病菌感染引起。二是由于龙鱼长期捕食水底的食物,或总是盯着地面看致使眼部组织松弛,眼球下垂。这种病是非常普遍的,成年龙鱼大部分都不同程度的患有此病,美洲龙鱼更是特别常见。

【防治方法】 龙鱼一旦发生了眼下垂的现象就很难校正,因此一定要注意预防。3 个月以内的幼龙鱼眼球很少下垂,龙鱼最容易发生眼球下垂的时间段在 4 月龄至 1 龄。这段时间,龙鱼生长发育最快。在这段时间中,如果疏于管理,造成水质恶化、冬天水温太低及龙鱼生病或受到惊吓长期拒食等情况,只要有一个原因,都有可能造成龙鱼眼球下垂。如果能在龙鱼 1 龄内加强饲养管理,保证水质水温正常,精心喂护,尽量避免龙鱼生病,就完全可以保证其眼球不发生下垂。1 龄以后的龙鱼,只要不发生特殊情况,眼球下垂的概率就很小了。同时要保证龙鱼的眼睛向上看,也可以有效地避免下视的问题。方法一般有:喂食浮性饵料,如昆虫、人工饲料等,尽量避免喂食会沉底的饵料;水面放一些玩具(如红色的乒乓球),吸引龙鱼向上看;鱼缸下半部分四周用黑布蒙起来,底部铺设底沙,使下半部分没有可看的,龙鱼自然就向上看了;降低水位,鱼缸中的水位降到比较低的位置有利于龙鱼向上看。

② 自切症

【症状】 龙鱼背鳍、尾鳍、臀鳍在靠近身体的底部产生局部或完全断落的现象。断落面一般不会出血过多。断鳍会自己长出来。

【病因】 幼鱼期的龙鱼在受惊后导致。

【防治方法】 为幼龙鱼提供舒适安静的环境。为预防二次感染可加一定量的亚甲基蓝(用量为常规用量的 10%)。

③ 翻鳃

【症状】 龙鱼鳃盖上的鳃膜向外卷起,可以看到里面红色的鳃丝。此病并不会致命,但很影响龙鱼的美观。

【病因】 由于水中的溶解氧不足或换水不当引起龙鱼呼吸困难所致。

【防治方法】 一是改善鱼缸的过滤系统,增加水中的溶解氧;二是在鱼缸中装上冲浪水泵,加强鱼缸内的水流速度,龙鱼喜欢逆流游动,通过强水流把翻卷的鳃盖恢复过来。平时要注意观察,正确换水,基本可以杜绝翻鳃现象。如果翻鳃的时间不长,及时治疗,可以在三五天内恢复。如果时间太长则需要手术治疗。先将病鱼用麻醉剂麻醉,用手术剪剪掉翻卷的鳃盖,涂上金霉素软膏。将龙鱼放回水箱,在光线较暗的环境下静养。每天换部分水,保持水体清洁。水中可以加一些食盐或抗生素,避免感染。

④ 脊柱弯曲

【症状】 龙鱼的脊柱弯曲成"S"形或其他各种扭曲的形状。

【病因】 一部分是先天畸形,也可能是由于稚鱼期使用药物不当、水质不良、运动量不足或营养不良造成。

【防治方法】 治疗几乎不可能,关键在于预防。保持水质清洁,注意营养均衡,充分预防其他的鱼病,以避免使用药物;放入造浪器增加鱼的运动量;水族箱要尽量大。

⑤ 龙须打结

【症状】 龙鱼须纠结在一起。

【病因】 龙鱼体质弱的时候会发生此类现象。

【防治方法】 只需改善水质,加强营养。

⑥ 脂肪过多

【症状】 鱼体过于肥胖,身体宽且厚,看起来显得有些短粗,失去流线型的美感。腹部膨大,如同怀卵一样,会使人误以为是要产卵了。肥胖并不会使龙鱼立即死亡,但会减寿,同时会导致很多内脏器官病变,或排卵困难,为以后带来隐患。

【病因】 摄食过多,运动不足。

【预防】 每周选1～2天停食,放入造浪器或选几尾龙鱼陪胖鱼一起玩耍以增加运动量。平时不要给龙鱼喂得过饱,减少高脂肪食物的摄入,注意营养平衡。

⑦ 厌食症

【症状】 病鱼整天不进食,趴在缸底一动不动。

【病因】 如果水质没问题,可能是水中环境变化或是刚买的新鱼不熟悉环境,使鱼有紧迫感造成的。有时水温太高或太低也会导致厌食。

【治疗】 换水、调整水温到合适的范围。保持环境的安静,不要拍缸惊吓它,与它和善地"交流"。更换饵料,选择龙鱼爱吃的活饵慢慢地使鱼适应。

(2)外伤疾病

① 一般外伤:外伤一般是由于惊吓、喂食冲撞、捕捞、移动、其他鱼只攻击等情况造成的。外伤通常有断须、掉鳞、断鳍、断尾等。

轻度的外伤几乎不需要治疗,只需将灯光调暗或是将灯光关闭,使龙鱼保持安静,水中加入食盐,使浓度达到0.1%～0.3%,或加入黄药,使浓度达到0.1毫克/升,避免感染即可。龙鱼经过数周的修养即可痊愈。

如果伤得比较严重,不仅需要在水中加药物预防感染,还需要局部伤口处理,甚至需要手术治疗。下面可以介绍一两种方法。

② 龙须折断:事先准备消毒的细针。先将龙鱼麻醉,再将麻醉昏迷的龙鱼提出置于塑胶布上,以细针轻刺龙鱼胡须根部,直到流血肿大为止。放回水族箱,增加气泵打气等待龙鱼恢复清醒,并放入适量抗生素。

③ 尾鳍折断:先准备消毒好的手术剪刀。将龙鱼麻醉,提至塑料布上,以折断最深处为标准,将尾鳍剪齐。放回水族箱,增加气泵打气等待其恢复清醒,并放入适量抗生素。

给龙鱼做手术治疗比较复杂,一般业余爱好者不容易掌握,还是请专业人士来治疗为好。

④ 咬尾病

【症状】 龙鱼咬伤自己的尾巴,使尾巴杂乱不堪,引起细菌感染。

【病因】 一般发生在单独养的龙鱼身上,可能是因为独居无聊,龙鱼只能以追咬尾巴为乐,或是空间狭小,转身时头尾相接,误把尾巴当成了食物。

【治疗】 放一面镜子或是加入其他的鱼,分散龙鱼的注意力。清洁水质,水中加入食盐,浓度 0.1% ～0.3%,或是加入黄药,浓度 0.1 毫克/升,可以解决感染的问题。严重的还需要手术,手术后的龙鱼慢慢会长出新的整齐的尾鳍。

⑤ 龙须扭曲与下颌肿瘤

【症状】 龙须扭结在一起以及下颌前端出现肉瘤。

【病因】 由于吻端及下颌经常受到摩擦所致的一种外伤。

【预防及治疗】 如果水族缸太小或是喂食的时候总是猛烈的冲撞都会导致这一现象,应予避免。如果已发生,可能需要手术治疗。但其实这种疾病并不影响龙鱼的生存,只是影响一些美观。大可不必冒手术的危险,还是平时注意管理为好。

(3)感染性疾病

① 水霉病

【病原体】 霉菌。霉菌寄生于鱼的外伤部位形成二次感染,危害极大。

【症状】 鱼体表面出现棉絮状物质,严重时可布满大部分体表。

【治疗方法】 可用金霉素、红霉素涂于患处,并用四环素药液浸泡,或用 2% 的食盐水浸伤口 15 分钟。也可用海宝苯氧基乙醇药品。

② 白点病

【病原体】 小瓜虫。

【症状】 鱼体表出现很多细小的白点,很快布满全身,鱼体发黑,鳍收缩,泳姿摆动,不时摩擦身体。

【治疗方法】 将水温提高到 28～30 ℃,几天后白点消失。或者用奎宁粉,以 20 毫克/升的浓度浸泡。还可以用 1% 的食盐水或者是稀释的高锰酸钾溶液或者是五万分之一的硫酸铜和五万分之一的硫酸镁的混合液药浴。病鱼每次药浴 5～8 分钟。也可以用海宝鱼帅、鱼淳药品。

③ 鱼鲺病

【病原体】 鱼鲺,一种扁平透明的,直径约 1 毫米的甲壳动物。吸附在鱼体表面,吸食鱼血。

【症状】 鱼躁动不安,不时抽搐或狂游,在粗糙的物体上摩擦身体,或擦底。可以看到鱼体表面有鱼鲺附着或爬行。

【治疗方法】 用镊子摘除龙鱼身体上的鱼鲺,水中放入 0.1 毫克/升的敌百虫驱虫。也可以使用市场上出售的各种驱虫剂,参考说明书使用。

鱼鲺都是由活饵中带入的,因此要注意饵料卫生。

④ 锚头蚤病

【病原体】 节肢动物锚头蚤。这种寄生虫的头部就像一个船锚的形状,可以叮在鱼的表皮内,吸取鱼体内的营养。

【症状】 寄生了锚头蚤的鱼,体表像长出了一根根须子,随着寄生虫的增加,鱼的体表就像披上了蓑衣,故又称蓑衣病。鱼体寄生的锚头蚤少的时候,一般不会给鱼带来直接的致命伤害,但鱼会显得焦躁不安,急游擦底,厌食。虫体很多时鱼反而显得安静,因为鱼已经呆滞,会很快死亡。锚头蚤使鱼死亡的原因除直接吸取鱼体营养外,更厉害的是会引起鱼的体表感染,被叮咬的部位会红肿发炎,而后继发水霉病,鳞片脱落,最后鱼死于大面积的体表感染。

【治疗方法】 锚头蚤并不难治疗,只需用镊子将虫体拔除,拔过后用 0.1×10^{-6} 的敌百虫溶液浸泡,同时加入食盐和呋喃西林,浓度分别达到 0.1% 和 0.1×10^{-6},以避免鱼体表感染。病情发现得早,寄生的虫体少,伤口也少,容易治疗,不易发生大面积感染。发现得越晚,虫体越多,体表的损伤越严重,就很难治疗了。因此要早发现早治疗。

锚头蚤一般是从鲜活饵料中带入的,加之水质较差,鱼体的抵抗力下降,造成寄生虫乘虚而入。因此预防此病除做好饵料清洁外,还要注意保持鱼体健康。

⑤ 立鳞病

【病原体】 水型点状假单胞菌。

【症状】 鱼体表面粗糙,部分或全部鳞片竖起,像松果状。鳞片基部水肿,其内部积存着半透明或含血的渗出液,以致鳞片竖起,如在鳞片上稍加压力,就有液体从鳞基喷射出来。有时伴有鳍基充血,眼球外凸。多见于幼鱼,成鱼较少见此病。

【治疗方法】 100 升水加 1 千克海盐或人工海水,将水温调至 32～34 ℃,加氧每隔 3 天换水 1/4(注意新水要加温至水族箱里的水温)。

用 2～2.5 毫克/升浓度的红霉素浸洗鱼体。水温 30～32 ℃,浸洗 30～50 分钟,每天浸洗 1 次,可以持续 3～5 天,直至病情好转。

鱼缸内泼洒呋喃西林或呋喃唑酮,使水体成 1.5～2.0 毫克/升的浓度。水温 30 ℃左右,经过 10～15 天后,再用同样的浓度泼洒 1 次。

内服维生素 E,每千克鱼体重服用 30～60 毫克,可混在饵料中长期服用,能起到预防效果。每天内服 60～90 毫克/千克鱼体重,连续 10～15 天,起辅助治疗效果。

内服氟哌酸,每千克鱼体重每天用药 80～100 毫克,可拌入饵料中投喂。每天 1 次,连续服用 6 天。外用药结合内服药,疗效更为显著。

注射链霉素或卡那霉素。每千克鱼体重注射 10 万～15 万国际单位,腹腔注射,仅注射 1 次。

⑥ 腐鳃病

【病原体】 柱状纤维黏细菌。

【症状】 病鱼鳃丝腐烂,并带有一些污泥,严重时鳃丝模糊,成糊状,鳃上覆盖大量的黏液。有时鳃丝尖端组织腐烂,造成鳃丝边缘残缺不全。有时鳃的某处或多处腐烂。鳃盖骨的内表皮充血,有时被腐蚀成一个略呈圆形的透明区,俗称"开天窗"。由于鳃组织被破坏,造成病鱼呼吸困难,常游近水表面呈浮头状,病情严重的病鱼,在换清水后,仍有浮头现象。由于龙鱼总在水表层活动,一些浮头现象会被忽视。其他的症状有呼吸急促、褪色、行动迟缓等。

【治疗方法】 可以用 1‰ 的食盐水,或者是 20 毫克/升高锰酸钾溶液,或者是五万分之一的硫酸铜和五万分之一的硫酸镁的混合液药浴。病鱼每次 5～8 分钟,每天 1 次。

泼洒呋喃西林或呋喃唑酮,使水体成 1 毫克/升浓度。用于水族箱防治。

可以使用海宝鱼帅乐肤爽等药品。

⑦ 红斑病(打印病)

【病原体】 点状产气单胞菌斑点亚种。

【症状】 病灶部位通常在肛门附近的两侧,少数在身体前部。初期皮肤发炎,出现红斑,有时有类似竖鳞或疖疮的症状。随着病情的发展,鳞片脱落,肌肉腐烂,并造成圆形或椭圆形,周围充血发红,像打上了红色的印章,俗称打印病。病鱼瘦弱。

【治疗方法】 注意操作,避免鱼体受伤,保持水体清洁。

可用 1‰ 的呋喃唑酮或呋喃西林溶液擦洗病灶。也可用 2 毫克/升的高锰酸钾溶液清洗病灶。同时使水体中的呋喃西林或呋喃唑酮的含量达到 1 毫克/升。

用 20 毫克/升的呋喃西林或呋喃唑酮溶液作药浴,每次 10～15 分钟。

每尾龙鱼注射 10 万国际单位的青霉素,并配合药物清洗病灶。

可以尝试将水温提高到 36 ℃,并用口服抗生素结合药浴。

⑧ 腹水病

【症状】 多见于幼龙,是由于喂食不新鲜的饵料或喂食不当引起的疾病。比如小虾的额刺、尖利的鱼骨等,都可能划伤龙鱼的食道引起感染。病鱼腹部膨大,解剖时腹内充满淡黄色液体,大多数内脏有不同程度的腐烂。病鱼最终死于感染和内脏衰竭。

【防治方法】 治愈率极低,基本没有特效药。可尝试口服抗生素。以预防为主,注意饵料安全。可能划伤龙鱼的饵料要处理干净,虾的额刺、鱼的硬棘、昆虫的后腿等都要处理好。

⑨ 烂鳍病

【症状】 鱼鳍边缘或鳍膜会有白蒙现象,继而裂开、溶蚀、发炎、红肿,造成鳍条残缺不全,尾鳍尤为常见。有时每根鳍条骨间的结缔组织裂开,使尾鳍像一把破扫帚,严重时整个尾鳍烂掉。

【病因】 由于水质不良、污染、溶解氧量不足所引起的细菌性烂鳍。

【防治方法】 改善水质,提高温度 2～3 ℃,加强曝气。没有出现溃烂、红肿的情况下,可加入食盐,使水体浓度达到 0.1‰～0.3‰进行治疗。

用 1‰浓度的孔雀石绿水溶液涂抹鳍条破裂处,每天 1 次,连续涂 3～5 天,以预防水霉菌感染,促进伤口愈合。同时水中遍洒呋喃唑酮或呋喃西林,使水体成 1～2 毫克/升浓度。

可尝试使用市场出售的专治烂鳍病的药物。

治愈以后,尾鳍需要进行手术剪齐,重新生长,才能恢复原来的样子。

⑩ 朦眼病

【症状】 龙鱼眼睛出现白色的膜,眼球混浊,有时伴有突眼。

【病因】 擦伤、碰伤,水质不良等原因,导致眼角膜细菌感染。如果是晶状体混浊,则是营养不良。

【防治方法】 如果是角膜混浊,一般是水质不良。鱼缸换水 1/3～1/2,保持水质清洁,加入食盐,使水体浓度达到 0.3‰,水温升高 2～3 ℃。也可以加入一些抗菌药,如呋喃西林等。通常需要很长时间才可以恢复。

如果是晶状体混浊,大多是营养不良,缺乏一些维生素。也有角膜感染后,进一步感染所致。可以使用青霉素等治疗,也可以使用市场上出售的专门鱼药治疗。饵料品种要丰富,喂一些整的活鱼、虾、昆虫等有利于平衡营养。

平时一定要注意观察,越早发现越可能治愈。如果朦眼的时间太长,则很难恢复。

⑪ 鳔病

【症状】 鳔内气体无法排出,使龙鱼在水中失去平衡。竖直于水中,或是头低尾高,或者翻转。也有鳔无法充气的情况,鱼会匍匐于水底。

【病因】 鳔排气用的卵圆孔发炎,使鳔无法排气或存气。卵圆孔发炎的原因可能是温差过大或是受到感染。

【治疗方法】 将水位降低到龙鱼体高的2倍,加入食盐,使水体浓度达到0.3%。使用特灭菌加黄药,按说明书使用。

⑫ 肠炎

【症状】 龙鱼呆滞,厌食,离群。鱼体发黑,腹部有些肿大,排黏性拖长的粪便,或出现便秘。肛门附近出现红斑,肛门红肿突起,轻压会流出黄色液体。解剖会发现鱼的肠道充血肿大,肠壁变薄,内部充满黄色恶臭的液体。

【病因】 受到肠道点状产气单胞杆菌的感染。

【防治方法】 水中遍洒呋喃唑酮,使水体浓度达到2毫克/升,浸泡1周左右可以见效。

水中加入盐酸小檗碱(黄连素),使水体达到1毫克/升。

如鱼还可以进食,按每千克体重喂食0.1克的呋喃唑酮,混入饵料中投喂。每天1次,连续3~4天。

肠炎是由吃了不洁的食物引起。预防肠炎的发生要注意饵料卫生。特别是在夏季,饵料容易变质,是肠炎的高发季节。注意饵料保管,解冻时间不宜过长,变质的饵料一定不能投喂。有肠炎的活鱼也不能喂龙鱼吃。

⑬ 感冒

【症状】 龙鱼浮于水面,呆滞,各鳍萎缩,身体失去光泽,似覆盖一层白膜。动作迟缓,懒于进食。身体逐渐消瘦,以致死亡。

【病因】 由于换水或天气骤变等原因,水温突变,降温达5℃以上,致使龙鱼机体难以适应,导致体内调节系统失常,引起病症。

【防治方法】 升温,使水温达到34℃。喂食易消化高营养的食物,少量多次。保持水质稳定,环境安静,静养一段时间可以康复。也可以在水中加入食盐,使水体浓度达到0.1%,作辅助治疗。

注意温度调控以及换水时的温差,是预防感冒的关键因素。

⑭ 蛀鳞病

【症状】 鱼鳞被腐蚀蛀坏。

【病因】 一为下药浓度过大,另一种是体表寄生虫所致。

【防治方法】 换水,以降低药物浓度。或使用活性炭吸附掉水中的药物。

如果是体表寄生虫则采用治疗寄生虫的方法。

⑮ 头洞症

【症状】 龙鱼头部出现孔洞,特别是在眼眶周围、头盖骨,以及鳃盖的边缘出现排列整齐的洞。这是沿这些骨骼周边溶解产生的。由于组织的分解,有时会看到有蠕虫一样的东西从头洞中爬出来,其实是分解的骨骼和皮下组织。严重的头洞症会使龙鱼的头千疮百孔,有些还会出现溃疡。时间一长,会使龙鱼瘦弱而死。可能还伴有排白色拖长的粪便。

【病因】 营养不良或六鞭毛虫感染。六鞭毛虫寄生于肠道,吸取营养,造成龙鱼营养不良,使头骨由于缺乏钙质而溶解,出现孔洞。六鞭毛虫普遍寄生于鱼体内,正常情况下不会对鱼的健康造成影响。但是,在鱼密度过大、溶解氧过低、水质激烈变化等情况下,会造成六鞭毛虫大量增殖,从而导致龙鱼发病。

【防治方法】 保持龙鱼适宜的环境。如果发生了头洞症,可以使用市场出售的治疗六鞭毛虫的药物治疗。同时加强龙鱼的营养,不要只喂单一的食物,特别是人工饲料。

3. 问题解答

(1) 如何给龙鱼锻炼身体?

野生的龙鱼生活在宽阔的水域,捕食、御敌等活动很多,因此身体灵活,线条流畅。但在水族箱中饲养的龙鱼就大不一样了。鱼缸做得再大,相对自然水域来讲都是狭小的,饭来张口的生活更使龙鱼失去了活动的兴趣。这些都会使龙鱼变得呆滞,体形变得臃肿肥胖,失去优美的线条,也对龙鱼的健康造成了威胁。因此在水族箱内要尽量帮助龙鱼锻炼身体,保持健康。

水族箱中水流平缓,如果要让龙鱼加强游动,最好是加额外的水流。造浪器是最好的选择。前面介绍过,造浪器就是一个小型的沉水马达,放置在水的表层,以制造一个合适的水流,使龙鱼逆流而上,增加运动。产生的水流要适中,不要将龙鱼吹得东倒西歪,或过于费力。

增加龙鱼活性还可以喂一些活鱼,但要注意鱼缸不可以太小,鱼也不要太活跃,否则龙鱼可能在追猎物的时候撞在缸壁上受伤。草金鱼是比较理想的活饵。如果鱼缸太小的话,这项活动不做也罢。

(2)冬季龙鱼如何防病?

冬季的疾病预防是爱龙族绝不可轻视的事。首先,从水温需控制在 28 ℃这个条件开始,饲养者们所要面临的第一个挑战就是换水时的温度控制。在为心爱且身价不凡的龙鱼换水时,建议使用洗澡用的热水器来调节水温,只要用手去感觉温度略高于缸内温度即可,由于是直接使用自来水,因此建议每次换水量不要超过1/3,并且在注水前加入适量水质稳定剂,且在换水时注意要同时清洗过滤器,以免破坏缸内生态系统,造成龙鱼的不适应。在换水的过程中,有些龙鱼饲养者会使用未经热水器加温过的自来水直接加入缸中,这是较不专业的做法。因为若将冷水直接加入缸中,此时急剧改变的温度,易使龙鱼因骤变的温差而患白点病甚至引起立鳞病,这样就得不偿失了。虽然白点病或立鳞病并非可怕的疾病,但如果在换水时能多注意这些细节,则可避免掉许多无谓的困扰,岂不是一举数得?

八、龙鱼的繁殖

　　龙鱼可以存活很多年,它们的生长期和成熟所用的发育期很长,一般雌鱼需 6～12 年,雄鱼需 5～16 年才可繁殖(家养龙鱼的发育期长短因饲养者的养殖水平而异)。而且并不是所有的龙鱼都能在水族箱里繁殖,像金龙鱼就不行。现在在水族箱中繁殖的龙鱼主要有银龙、红龙、青龙、澳洲龙鱼等几个品种。

　　龙鱼和慈鲷鱼一样属口孵型鱼类,而且择偶性非常强,以至于在繁殖期同一鱼缸中大有一山不容二虎之势。自然界中的龙鱼繁殖时雌鱼一次产卵几十粒到二三百粒。雄鱼会将鱼卵含在口中孵化,孵化后雄鱼会在仔鱼附近看管,遇到敌害来袭或惊吓时,亲鱼会将仔鱼含在嘴里直至危险过去。这样子一直会维持到仔鱼能自行觅食为止。

　　1966 年日本的宫田先生和田上四郎利用温泉水和自己设计的钢筋混凝土水槽完成了银龙鱼的首次水族箱繁殖。至今他们设于阿苏温泉地区的繁殖场的繁殖数目都相当可观。

(一) 繁 殖 条 件

1. 繁殖水族缸

　　首先龙鱼繁殖的水体要宽,比较好的繁殖箱长度最好在 2 米以上,规格为 200 厘米×90 厘米×60 厘米或者 250 厘米×100 厘米×60 厘米的水槽都可以。繁殖缸使用前要用药物消毒,清洗干净。缸内不放任何物品。

2. 繁殖水质

要繁殖成功,饲养水质的管理起着极其重要的作用。

配对中的龙鱼都会有受伤现象,所以水质的清洁一定要搞好。要注意饵料的投喂不要过量,发情期亲鱼的食欲降低,因此喂食量要相对减少,并且必须及时抽取残饵。

发现有患病的迹象时应立即进行药浴处理,并注意预防传染。由于繁殖中的龙鱼对药品极为敏感,所以投药量要比平常少很多。药浴期间要注意比平时多换水。

繁殖期的龙鱼在受到换水或觅食的刺激时,一些龙鱼就会出现追尾嬉戏的现象。有些雌鱼会放出一些引诱雄鱼的分泌物,雄鱼受到刺激以后也会释放雄性激素甚至精子。这虽不是正式交配,但这些物质溶于水中会使水体变白,如不及时换水会导致水腐臭变质。繁殖期水族箱中的饲养用水 pH 应保持在 6.2～7.2,水温维持在 26～28 ℃。

(二) 亲　　鱼

1. 亲鱼的选择

为保证后代健康,品系优良,作为繁殖用的亲鱼必须体格健壮,无疾病、无畸形、无生理疾病。体形优美,鳞片光亮,鳍条舒展,眼睛明亮,龙须笔直,品系纯正,总之必须是一尾优质的龙鱼。当然,对很多业余爱好者来讲,龙鱼的繁殖有时纯属偶然,也谈不上挑选亲鱼,只要自家的龙鱼能繁殖出来就很开心了。其实好的亲鱼也是成功繁殖的基础,亲鱼的选择应当在购买的时候就留意。购买到优质的龙鱼,以后再繁殖出优质的后代不就更开心了。

龙鱼在 5～6 年就可以成熟,但作为亲鱼不要选刚成熟的龙鱼。因为龙鱼刚成熟时体质和卵的质量与数量都不好,后代的质量不能保证;而且亲鱼在繁殖中的消耗很大,年轻的龙鱼不易承受,容易造成损伤。因此,雄鱼选择 6～8 龄的,雌鱼选择 7～9 龄的为宜。此时龙鱼体质强健,性腺饱满,产卵量大,受精率和孵化率高。如果年龄再大，则产卵量降低，孵化率也降低，后代畸形率增加，就不适合做亲鱼了。

2. 成熟雌雄鱼的辨别

由于雌雄龙鱼的体形外观差异不大，因此经常会将性别搞错，造成没有雄鱼为卵授精，或是没有雌鱼产卵。以至于出现鱼产卵但不孵化，产卵后就被吃掉，或是一直不产卵等问题的出现。这些问题一直困扰着爱龙族，使龙鱼的繁殖凭空增加了很多困难，也增加了神秘感，从而使人们得出龙鱼繁殖不易的结论。其实归根结底，很多问题都出现在没搞清龙鱼的性别上。下面介绍一些鉴别雌雄龙鱼的方法。

从体型上看，雄鱼身体修长，体型较大，胸鳍也较长；雌鱼体型小，腹部饱满，胸鳍较短。

产卵期的雌鱼输卵管凸出，雄鱼的输精管则凹陷。

雄鱼一般喜欢在雌鱼面前炫耀自己，而雌鱼则喜欢抖动身体吸引雄鱼。

雄鱼的下颚较宽大松弛，这是为孵化时含卵做准备。

雄鱼在繁殖期还会出现"追星"，用手摸鱼的胸鳍，有粗糙扎手的感觉的是雄鱼，相反则是雌鱼。

3. 亲鱼配对

龙鱼有自己配对的习性，不喜欢人为地给它们找伴侣，人为的"拉郎配"不仅不能成功，而且还可能会使双方打得头破血流。所以可以从小将数尾稚鱼一同饲养(5～7 年)，由其自由配对。也可以在大水槽中将已经成熟的鱼一雌一雄放置于水槽两侧，中间用隔板隔开，隔板上一定要打上洞，以利于两侧的水流动循环，让雌雄龙鱼自己适应这里的环境，当你发现龙鱼有发情的现象时就抽开隔板，这时它们会做出特殊的追尾动作，接着会互相厮咬鱼鳍，特别是臀鳍到尾鳍这一段。龙鱼会受到惊吓而跳跃，或者冲撞，甚至会造成龙须断落和出血。这样的伤害短时间内不会对龙鱼的生命构成威胁,所以大家要忍耐。几天后,如果两尾龙鱼开始平静下来,并且开始缓慢地游动,有了亲密地靠在一起的举动,就说明配对成功了。如果依然打斗得厉害就说明配对不成功,你就该检查所配对的鱼是否还未成熟,或是是否选错了性别,是否水中有什么不应该有的物质。解决了这些问题后,再将它们分开饲养,重新配对。

4. 产卵过程

一旦配对成功,龙鱼就进入交尾状态。此时雄鱼会拼命追逐雌鱼,厮咬雌鱼的臀鳍和尾鳍,给雌鱼造成很多伤口。这并不是雄鱼凶狠,而是自然的选择。很多鱼都会以这种方式交尾,在强烈的刺激下,雌鱼才能正常产卵。

过一段时间,雌雄鱼会贴在一起回旋游动,雄鱼不断用嘴啄雌鱼,雌鱼也用嘴啄雄鱼,但要温柔得多,像在抚摸雄鱼。有时雄鱼会一面抖动鱼鳍一面发出响声。这种现象可能持续到交尾结束。

并排游动一段时间以后,它们会静止在水族箱底部,这是它们选择的产卵场地。此时一定要保持安静,任何惊扰都可能使雌鱼停止产卵,或是将卵吃掉。最好用遮光的黑塑料袋将鱼缸四周遮蔽起来,好让龙鱼在里面安静地产卵。产卵时间一般是上午 10 时左右,也有到下午 3~4 时的。

雌鱼产下卵,雄鱼会给卵授精,并将卵含在口中。卵呈橘黄色,直径 12~15 毫米。雌鱼分几次将卵产完,雄鱼口中一般可以含 30~40 粒卵,雌鱼一次产卵从几十粒到二三百粒。当雌鱼感到雄鱼含不下时会将剩下的卵吃掉。产完卵,雄鱼就不再进食,直到仔鱼孵化。雌鱼则担当守卫任务。

5. 产后亲鱼护理

产卵以后亲鱼十分虚弱,如果此时水温水质变化稍大就可能引起不适而导致死亡。因此,产卵以后的亲鱼尽量在原缸中静养,避免移缸。如果需要移缸,则要注意水要等温等质。如果原缸的水因产卵而有些变质需要换水,则换水也要注意等温等质。亲鱼恢复期水质需稳定,保持水质清新,溶解氧充分,特别是水温要保持恒定。

产卵以后,一般雌鱼会带有一些外伤,有时雄鱼也会有外伤。这些外伤虽不是很重,但此时亲鱼较虚弱,容易被感染。因此需在水中加入呋喃西林,使水体达到 1 毫克/升的浓度进行治疗,或加入食盐使水体达到 0.2% 的浓度预防水霉病的发生。

产卵以后雄鱼就不再进食,能立即进行产后喂食调养的只有雌鱼。雌鱼的产卵过程会消耗很多能量,但不能因此就马上投喂很多食物,此时的鱼体虚弱,食欲和消化能力都不好,马上投喂很多食物会导致水质腐败和加重龙鱼消化系统的负担。因此,在产卵的当天要少喂或者不喂,让龙鱼静静地休息一下,第二天开始正常投喂。雄龙鱼在幼鱼可以独立生活以后才会进食,这需要很长时间。因此一次繁殖以后对雄龙鱼的伤害是非常大的,有些雄鱼会恢复不过来而死去。所以,对雄龙鱼在繁殖前就要做好准备,精心饲喂,让其储存足够的能量。

(三) 仔 鱼 孵 化

龙鱼卵是在雄鱼的口中孵化的,在自然界中由雄性负责抚育后代也是较为罕见。孵化时水温保持在 26～28 ℃,经过 2 周左右卵开始孵化为稚鱼。大约经过 60 天,鱼苗就会在雄鱼的口中进进出出了。雄鱼会慢慢地将幼鱼放出来,关爱备至。这样一直要到 90 天左右以后,幼鱼才会较少地进出雄鱼的嘴了。这时就可以悄悄地将幼鱼捞起来了,捞的时候要有耐心,否则其他的小家伙肯定会躲到爸爸的嘴里久久不出。幼龙鱼卵黄吸收以后就可以喂食水蚤或摇蚊幼虫。雄鱼一般会含住 40 枚卵,但最后通常只有十来条小鱼。可见龙鱼的繁殖实在是不容易。

由于漫长的抚育期对雄龙鱼的伤害太大,且龙鱼的人工配对很不容易,所以在龙鱼的繁殖场中多采用半自然的繁殖方式。通常在室外池塘中混养 10～20 对龙鱼,并种一些半挺水的植物作为龙鱼的产床。在龙鱼产卵的高峰期,待龙鱼自然配对产卵以后大约14天,将已经孵化的幼龙鱼从雄鱼的口中摇出来,进行人工孵育。这样的繁殖方式使龙鱼的成活率可达80%,且缩短雄龙鱼的含卵时间,减少了对雄鱼的伤害。

九、龙鱼的观赏

（一）观 赏 要 点

也许你会觉得这个问题很多余,观赏龙鱼不就是看嘛! 只要龙鱼长得好看就行了。那么怎样才算是好看呢? 其实观赏龙鱼有很多讲究。龙鱼的审美点主要从以下几个方面看。

1. 龙须

图腾中的龙总有一对长长的龙须,看上去极有气势。那么龙鱼的须也是如此,这一对须对龙鱼极为重要。好的龙鱼,须是笔直的,而且颜色要和鱼体一致,卷曲、断须、两条须不整齐,都会影响观赏效果。

2. 眼球

大而明亮有神的眼睛是龙鱼的精神所在,龙鱼的眼球硕大,像探照灯一样得凸出,且转动灵活,简直美不胜收。

3. 头部

头顶的表皮要尽量平滑光亮,不能有皱褶。

4. 嘴形

上下唇要密合,如果下颚凸出或有瘤状突起,就不能说是好的嘴形了。上下唇的颜色要一致并且和鱼体颜色一致。

5. 鳞片

龙鱼的鳞片要大而齐整,看上去很有光泽感,如果有斑点的就比较差了。红龙或金龙要在背部都显现出红色或金色,通体颜色一致才是上品。

6. 鳃部

龙鱼的鳃整齐有光泽,不能有凹陷。红龙的鳃盖要"艳若桃李",而金龙的鳃盖要显现出耀眼的金色。另外鳃膜不能卷曲外翻。

7. 胸鳍

胸鳍是龙鱼威猛的象征,就好像龙的爪一样。左右胸鳍要对称,要尽可能伸展、整齐,就像画出一个圆弧一样的鳍条。鳍形尖而修长,才能显得既有力又优美。

8. 后三鳍

即臀鳍、背鳍、尾鳍。鳍条要求笔直伸展,弯曲和折曲都不理想。尾鳍要大,并且在回转时也不会出现缩鳍的现象。

9. 身体

身体从任何一个角度看都不可以有扭曲的现象。身体不能太胖或太瘦,腹部膨大或凹陷都影响美观。身体线条流畅,游动扭转自如。

10. 气质

如果一尾身体各部位都很美的龙鱼,却整天懒洋洋地不肯动,给人病恹恹的感觉,也算不上一尾好龙鱼。如果再有些奇怪的动作则更糟。龙鱼好的气质大部分来源于主人的悉心照料,这是让龙鱼呈现自信之美的最佳方法。

11. 特殊性

如果有混合颜色,鳍和鳞等不常见到的种类,且为自然产生,这样的品种则很名贵。

(二)品 种 鉴 赏

1. 红龙

红龙以超级红龙为上品,包括辣椒红龙和血红龙。辣椒红龙的鳃盖要呈深红色,血红龙则略淡一些。红龙的鳞片有粗框细框之分,一般人喜欢粗框的辣椒红龙,而对血红龙则喜欢细框的。鳞片底色有紫色、蓝色或绿色,甚至有带珠光的,因此被冠以紫艳、绿皮、钻石等名称。只要确实是超级红龙,哪种底色全凭个人喜好。

2. 过背金龙

过背金龙以通体金色为佳,但目前已较少见。金色的鳞片必须达到第五排,最好达到背部。背鳍下方要有"小珠鳞"。鳞框也有粗框细框之分。鳞的底色多以紫色为主,有的为蓝色、绿色和金色,较为罕见。

3. 红尾金龙

红尾金龙以高背为佳,就是亮鳞可以达到第五排。当然红尾金龙的亮鳞不会有过背金龙那样完全而有立体感。鳃盖要呈明亮的金黄色,而不能是淡金色。尾部应当是鲜艳的红色。红尾金龙的底色也有蓝色、金色、青色。

4. 银龙

银龙鱼较为常见,只要身体平顺就好。鳞片要带有金属银色的光泽,鳞框略带粉色,有清爽感。如果能买到"千里挑一"的雪银龙就是上品了。

5. 黑龙

颜色清亮,以鱼鳍带有深蓝色或黑色为佳。

6. 珍珠龙

鳞片为浅蓝带点灰色,鳞框则略带粉红色。鱼鳍是淡淡的浅蓝色,色彩清淡不强烈。

（三）龙鱼缸布置

龙鱼威武壮观,如果没有好的鱼缸布景衬托,不免有些遗憾。但龙鱼特殊的习性和体形给布置鱼缸增加了一些难度。通常龙鱼采用的布缸形式有以下几种。

1. 全裸缸

饲养龙鱼大部分使用的是这种全裸缸,也就是缸里面不放任何装饰物。这种鱼缸的优点是布置简单,易于清理,没有任何障碍物,龙鱼不易受伤。但光秃秃的鱼缸未免乏味,缺乏生气和情趣。全裸鱼缸比较适合饲养体型较大的龙鱼,可以有充分的回旋空间。

2. 半裸缸

半裸鱼缸只在鱼缸的底部铺设一些底沙,鱼缸中部还是空的。底沙可以铺各种颜色的,如黄色、黑色或五彩的。沙石要粗一些,以便于清理。上面还可以摆一些彩色的鹅卵石作装饰。底部也可以完全放石头,不铺底沙,也别有风味。如果饲养白金龙,或是希望龙鱼体色洁白,则可以铺设白色的底沙。半裸缸也适合大型龙鱼的饲养,同时可以达到辅助强化龙鱼体色的作用。

3. 水草造景

龙鱼体型较大,游动起来破坏力是非常大的,而且龙鱼需要宽阔的水域,这一切好像都与满是水草的造景格格不入。一般来讲,水草都是与小型鱼为伴,很难想像龙鱼游弋在水草缸的情景。

其实饲养龙鱼的缸里一样可以种植水草,条件是鱼缸要大,水草的品种相对较结实一些。通常有以下几种方法来做龙鱼的水草缸。

(1)后置水草法:在较宽的鱼缸里放置一块与正面平行的玻璃,把缸一隔为二,宽度在10~15厘米,高度略低于水平面,下面也可以留一些空隙,以保证水流通畅,但也不要让龙鱼游过去。前面养龙鱼,后面种水草,犹如一张水草画贴在后面。

(2)边置水草法:在较长的鱼缸里,还是用一块玻璃,把鱼缸左右隔开,玻璃上下也要留一些空隙。大的一边养龙鱼,小的一边种草。

(3)随意种草法:用一或几个自己制作的玻璃方盒,或者美观一些的花盆也可以。在里面种植水草放置在缸内,鱼和草不隔开。也可以直接在底沙中种植一些根系粗大、结实的水草。

龙鱼缸中水草的种植有一定难度,这是由于龙鱼缸中的水草较为稀少,没有密植水草的鱼缸较易形成良性的生态环境。且龙鱼缸中的光照、水流等也都是以龙鱼的需求为主,水草只是放在次要的地位。再有龙鱼巨大的冲击力很容易造成水草茎叶损伤,甚至被搅得浮起来。因此,要在龙鱼缸中养好水草,必须选择一些合适的品种。

首先,龙鱼缸中的水草最好是与龙鱼产地一致的品种,这样养殖条件上就不会有太大的问题。其次,水草应选择对光照、养分等条件要求不苛刻的品种,这样才能在龙鱼缸这种"艰苦"的环境中生长。再有,如果水草不与龙鱼分离,水草必须根系发达,水草的茎叶要有韧性。龙鱼缸也可以使用沉木,但要横放,沉木要低矮、少枝杈,以免碰伤龙鱼。

适合龙鱼缸种植的水草品种有:瓜子草、蜈蚣草、皱叶兰、水韭、水蒜、大卷浪、皇冠类等。水草需在饲养龙鱼以前的2周,甚至1个月以前种植,以便可以扎根,并处在一个较好的状态。也可以在玻璃盒中或花盆里先种植2周左右,待其生长茂盛以后再移入龙鱼缸中。如果是水草与龙鱼不分开的情况,水草品种最好选根系粗壮、草的茎叶坚韧的品种,如大水兰、皇冠类、皱叶兰等。而且,在水草中饲养的龙鱼最好是体型较小的龙鱼,如果龙鱼体型太大,龙鱼和水草会互相妨碍。

4. 半水造景

顾名思义,半水造景就是鱼缸中的水只放一半,水面上可以堆砌假山,做各种布景,犹如一个大盆景。

这种造景的好处是水中布置可以尽量简单,只铺一些鹅卵石,这样可以给龙鱼留足够的空间。另外水位较低可以使龙鱼总往上看,避免了垂眼的问题。还有,水面上可以尽量地装饰各种奇花异草、亭台楼阁,弥补水中的景致单调。

半水造景的问题是假山在水中的基部也占有很大空间。而且假山较粗糙,容易蹭伤龙鱼。当然,不用假山而用沉木或是挺水植物装饰水面也很有创意。但无论如何,半水造景由于水面较小,一般只能饲养较小的幼龙,除非你能置办一个庞大的鱼缸。

（四）龙鱼与其他鱼种的搭配

水族箱中只养龙鱼未免单调,龙鱼缸中一般装饰物又少,时间一长难免给人荒凉的感觉。如果搭配一些其他品种的鱼,形成视觉对比,则会给鱼缸中增加不少生气,还可以赋予一些吉祥的意义。

龙鱼是一种大型凶猛的肉食性鱼,能与它在一起生活的鱼也不能是"善辈",适应能力要强,但无论哪里产的鱼,都要适应龙鱼生活的水质。能与龙鱼混养的品种一般有如下 20 种。

1. 淡水魟

淡水魟产于南美洲亚马孙河,是海水魟鱼的近亲。品种有蓝珍珠魟、黑珍珠魟等。魟鱼体形像一个圆盘,非常扁平。背部有色彩和花纹,腹部则是纯白色。眼睛和出水孔在背上,口和鳃都在腹面上。值得注意的是魟鱼鞭状的尾巴。尾巴是魟鱼锐利的武器,尾巴背面长有一根带倒钩的尾刺,尾刺是中空结构,大约1年更换1次。能分泌毒素的毒腺会将毒液输送到尾刺的管中。如果被这根刺刺中可不是好玩的,轻者红肿,重者还可能致命。好在魟鱼不会随便使用它的武器,只要不激怒它,魟鱼一般都会采用躲进沙子里的"逃避政策"。捞魟鱼的时候主要用抄网,最好是将它赶进塑料袋连水提起,平时操作时也要注意不要压到它的背,这样就不会发生伤人事件。魟鱼也是肉食性鱼,一般只匍匐于水底,与龙鱼混养可以捡食落在缸底的碎肉。但在食物不足时它也会游到水面来抢食,因此喂食的时候不要只让魟鱼捡食残渣。

2. 琵琶鱼

又称清道夫。背部圆,腹面平坦,头圆,背面长满坚硬的鳞甲,腹部柔软,口呈吸盘状,用以吸附在缸壁上,口内有很多排细小的牙,可以刮食青苔。琵琶鱼是水族箱中很有用的一种鱼。它可以清洁缸壁上长的藻类及底部的一些食物残渣,保持水族箱清洁。琵琶鱼有很多种,常见的有黑琵琶和黄琵琶。琵琶鱼身上长有坚硬的鳞甲,胸鳍长有带锯齿的硬棘,因此没有什么鱼愿意吃它,这使琵琶鱼可以和很多大型食肉性鱼混养在一起。龙鱼缸中如果有了琵琶鱼可以减少很多清理鱼缸的工作,减少对龙鱼的骚扰。琵琶鱼可以长得很大,小的时候是个很勤快的清洁工,但逐渐长大以后会慢慢地偏向肉食,有时会追舔龙鱼身上的黏液。这时不妨也给琵琶鱼多准备些食物,如果琵琶鱼恶习不改,就干脆去水族店换些小的来。

3. 战船

也称红招财。是一种大型攀鲈。身体侧扁,但很厚实。胸鳍演变成2条长长的须,有触觉作用。口上位,总爱跑到水面呼吸。身体灰黑色,各鳍带有红色。它的白化种叫金飞船,也叫黄金战船,通体白色。成鱼可以长到30厘米以上,很贪吃,无论是人工饲料还是天然饵料，荤还是素都可以吃，很好养。与龙鱼养在一起有"招财进宝"的意思。

4. 血鹦鹉

体形圆胖，外表很像金鱼，头很滑稽，嘴呈心形，类似鹦鹉的小嘴，因此得名。血鹦鹉是一种杂交种，由红魔鬼和紫红火口杂交而来，没有生育能力。正常的血鹦鹉并不是很红，而是橙红色，市场上见到的艳红的血鹦鹉都是经过人工处理的。如果是注射颜色变红的，红色染料会逐渐渗出鱼体，连水都会被染红，过不了多久就会褪成粉白的颜色。血鹦鹉可以长到15厘米左右，游动起来很笨拙，由于嘴的形状，吃起东西也很费劲。但这并不影响它们对食物的爱好，会很努力地追寻任何食物，并尽可能多地进食，所以才会长出一个胖胖的肚子。市场上好的血鹦鹉为体色纯红，没有杂色，肚子圆，尾长，额头凸起。血鹦鹉与龙鱼养在一起有"龙戏珠"的意思，以养没有尾巴的"一颗心"血鹦鹉最好。

5. 地图

一种常见的中美洲大型慈鲷。身体可以长到25厘米左右。身体侧扁而厚，身体黏液腺很发达，摸起来总是黏乎乎的。有一张很贪吃的嘴，无论是鱼肉还是人工饲料都会吞下去，而且好像永远吃不饱，肚子吃圆了还在吃，因此也被称作猪仔鱼。地图有很多种，常见的有红版地图、黄版地图、花地图，还有一种白化种，眼睛是红的，被称作红眼玉猪。地图有一种不好的习惯，就是边吃边吐，把食物的渣滓吐得到处都是，会把水弄得很混浊。因此地图与龙鱼混养数量不宜过多，一两尾即可。成年以后的地图会有领地行为，霸占鱼缸的某一角，把龙鱼赶到一边，甚至追咬龙鱼。但只要鱼缸足够深足够大，一般不会发生太大的冲突。

6. 红魔鬼

常见的中美洲大型慈鲷。身体红黄色，有些品种带有红白相间的花纹。身体纺锤形,也有一种球化品种,身体呈球形,称作球魔鬼。头很大,口内有细小而尖利的牙齿。雄性额头凸起很高,像个大圆球,因此被称作火鹤或寿星老。红魔鬼也很贪吃,但比较偏向肉食。成年的红魔鬼可以长到25厘米以上,而且性情狡诈,如果数量养得太多,它们会合谋攻击其他鱼,而且自己也会打得一团糟。红魔鬼与龙鱼养在一起是取"福寿双全"的意思,一般养一到两尾就可以了。

7. 泰国虎

又称三间虎。产于泰国。成年鱼体长可以达到40～50厘米,鱼体柑橘色,有6条粗大的黑色条纹横贯其身。泰国虎头尖嘴大,属夜行性鱼,生性怯懦,总喜欢侧卧于鱼缸一角,不爱游动。喜食小鱼小虾,进食时突然出击,吞入口中后立即回到原地,好像什么事也没发生过。泰国虎喜弱酸性水质,身体不适时会体色发黑。与龙鱼养在一起取"福禄双全"的意思。

8. 红尾鲇

又称狗仔鲸。体长70～100厘米,身体壮硕。红尾鲇体扁脸宽,小眼睛,宽嘴巴,口边有3对长须,背部浅黑色,有深色斑点,腹部乳黄色,尾部及背鳍呈胭红色。红尾鲇一般都匍匐于水底,偶尔会跑到水面换一口气。红尾鲇也是肉食性鱼,胃口也很好。进食的时候会在水底用须探索,碰到食物立即吞入口中。如果沉底的食物不多,也会跑到水面来觅食。它会将胡须伸出水面,摇头摆尾,很可爱。红尾鲇与龙鱼养在一起一上一下,不会侵占龙鱼的空间,还可以帮龙鱼打扫沉底的食物,而且在体形上一扁一宽,形成了视觉对比。

9. 虎皮鸭嘴

产于委内瑞拉和秘鲁的河流中。鱼体背面呈深灰色,到了腹部则消褪成银白灰色。间距相等的灰色纵向条纹环绕鱼体,消失于腹侧。头部宽大扁平,前额平坦而倾斜,形似鸭嘴。鳍非常小且带有斑点。深叉状尾鳍在游动时并不运动,而是靠振动鱼体使鱼高速前游。有3对长须。虎皮鸭嘴爱夜间活动,白天一般都是趴在一个地方,没有红尾鲇那样爱亲近人。但是见到食物一样疯狂,宽阔扁平的嘴会将食物统统吞进肚子,以至于肚子撑得太圆,下巴挨不到缸底。饲养虎皮鸭嘴鱼与饲养红尾鲇一样,都是填补鱼缸底部的空间。

10. 鸭嘴鲨

又称黑白鸭嘴。产于亚马孙河。鸭嘴鲨可以长到 60 厘米。身体瘦长,嘴大而扁,由此得名。该鱼背部泛青色,一条黑色宽条纹从吻部直贯尾部。腹部青白色,嘴旁有 3 对须,其中有一对总是朝下方。尾部很大,几乎与瘦长的身躯不相称。鸭嘴鲨在成长的过程中会蜕皮,这是该鱼的一大特点。鸭嘴鲨喜欢成群呆在一起,会头朝一个方向整齐地停留在鱼缸的某个地方,只有喂食的时候才会打乱队形。鸭嘴鲨是肉食性,很好养,与其他鲇鱼一样食量很大,可以把肚子吃得出尖。

11. 尖嘴鳄

产于墨西哥、古巴和美国的佛罗里达。尖嘴鳄全身呈青灰色或土黄色,鳞片坚硬突出,皮质厚而不易受到伤害。尖嘴鳄面目狰狞,头很像鳄鱼,因此得名。身体浑圆细长成棍状,成鱼体长可以达到 70 厘米以上。这种鱼性情凶猛,平时总是浮于水面,以捕食鱼类为生,捕食时用口中尖利的牙齿咬住猎物,动作也很像鳄鱼。尖嘴鳄很好养,对水质要求不高,并带有辅助呼吸器,氧气不足时可以从空气中直接呼吸氧气。尖嘴鳄分 3 种,一种嘴特别尖,一种呈平行四边形花纹,一种花纹不明显。尖嘴鳄与龙鱼混养可以讲是两强争霸。最好养尖嘴的那种,因为这种比较温和一些,体型也较小,不然即使是凶猛的龙鱼也不是它的对手。

12. 花罗汉

目前很热门的一种观赏鱼,由不同种的美洲慈鲷杂交改良而来。花罗汉的体型与一般美洲大型慈鲷类似,最特别处是在于其鲜艳的、珍珠般的蓝点、鲜红点、鲜青点……还有令人津津乐道的是它那隆起且丰满的额头和身上各种不同形状和深浅粗细的黑斑纹(俗称万能花或梅花),其诱惑力的确令人无法抗拒,无形中渐渐受到重视而成为饲养者所追捧的目标。它隆起的额头,全身满布闪亮如珍珠般的鳞片,若隐若现的花点,显得气质高超,是极具旺财、旺族的吉祥风水鱼种,与龙鱼养在一起自然是含有"福寿双全"的吉祥意义。花罗汉体型庞大,成鱼可以长到30厘米以上,但性情较其他美洲慈鲷温和许多,一般不会与龙鱼发生冲突。花罗汉还具有美洲慈鲷的共同优点,就是对环境有极好的适应性,体质强健,易于饲养。

13. 飞凤

产于亚马孙河。有银飞凤和红飞凤两种。银飞凤身体呈银白色,尾鳍带有黑色的条纹,体态略微修长。红飞凤各鳍均带有橘红色,鱼体呈银白色,且带有黑色斑点。头及嘴扁平,口内有细细的牙齿。飞凤体质较强健,最大体长可以达到40厘米。飞凤可以刮食青苔,起到清洁的作用。与龙鱼养在一起有"龙凤呈祥"、"龙飞凤舞"、"夫唱妇随"的意思。

14. 泰国鲫

又名双线鲫。产于马来半岛、印度尼西亚一带。泰国鲫可以长到40厘米左右,体型和鲫鱼一样,侧线非常明显,鳞片粗大,银光闪闪。最好看的是它的胸鳍、腹鳍皆呈洋红色,尾鳍镶有2条黑色的边,因此得名。另一种泰国鲫尾鳍没有黑边,各鳍都是洋红色。此鱼也有白化种,称作黄金泰国鲫。泰国鲫适应力强,活动力也很强。杂食性,动物性、植物性饵料都可以吃,吃人工颗粒饵料就可以,很好饲养。泰国鲫比较胆小,要成群饲养。与龙鱼养在一起可能会显得比较活跃。泰国鲫饲养在龙鱼缸中一是可以填补中部的空缺,二来可以做龙鱼追逐的对象,这对泰国鲫有些不公平,但这种追逐不会有致命的危险,只是让龙鱼活动一下而已。

15. 皇冠六间

又称皇冠九间。产于赤道非洲的溪流和河流中。幼鱼身上有6道黑色的条纹,大多数延伸至腹部。头部较小,吻部较尖,头下方为银色。所有主鳍都呈橘色,部分区域有黄色。小脂鳍为黑色,外缘呈红黑色。幼鱼颜色鲜艳,成鱼身上的黑斑纹消失,体色变成灰色。皇冠六间可以长到30厘米左右,需要较大的活动空间。皇冠六间还有爱啃咬东西的习惯,胶是它最爱啃的东西,鱼缸中尽量不要出现。此鱼对水质不挑剔,各种饵料也都可以接受,最好不时喂一些蔬菜或蔬菜薄片。

16. 东洋刀

又称七星刀。产于泰国、印度、缅甸。东洋刀体长90厘米以上,身体长而侧扁,呈银灰色。体侧有黑色圆点,外套银圈,从腹部一直排到尾端。背鳍小,腹鳍发达,从腹部开始延伸和尾鳍连成一体,很像薄薄的刀刃。东洋刀体质强健,易于饲养。属夜行性肉食性鱼,昼伏夜出,白天呆在缸里一角不爱动,夜里出来四处觅食。以各种小鱼小虾为食,冻肉也可以,且食量很大。东洋刀价格较低廉,但它的近亲虎纹刀却价格不菲。虎纹刀与东洋刀体形一样,只是将腹部的圆点改成了虎皮似的花纹。因为东洋刀的幼鱼腹部也有淡淡的条纹,所以容易被混淆。

17. 金菠萝

产于亚马孙河流域。金菠萝身体侧扁,体长可以达到20厘米。该鱼的体形和颜色都很漂亮,全身呈藤黄色。雄鱼脸部有明显的花纹。金菠萝背鳍、腹鳍发达。珊瑚红色的眼圈很宽,里面镶着紫罗兰一般的眼睛。成鱼腹鳍呈曙红色。金菠萝是五彩菠萝的白化种,性情温和,较易饲养。虽然有些过时,但依然很有魅力。金菠萝对水温变化较敏感。虽属肉食性鱼,但吃鱼仍有些困难,需要吃些碎鱼肉或摇蚊幼虫。吃颗粒饲料也可以,但吃得太多容易患疖疮病。

18. 非洲十间

产于非洲狮子山的一种大型口孵鱼。体长可以达到30厘米。身体侧扁而高,背厚实。鱼体以青白色为底色,有8条黑色纵带均匀地环绕其上。幼鱼非常可爱,随着成长体色逐渐加深变黑。对水质不挑剔,饵料也不挑剔,十分能吃。易于饲养。不在发情期时还算是很温和的一种鱼。

19. 帝王三间

又称皇冠散件。产于南美洲。体长60～90厘米,体形健美,凶猛彪悍。该鱼外观很漂亮,头很大,有一张能张得很大的嘴,能吞下很大的鱼。胸部宽阔,腹部显得狭长。身体为金黄色,尾鳍呈深胭脂红色,尾端的巨大金色斑点十分醒目。背鳍呈起伏的波浪状,散满银色的斑点。背部有3条粗大的横带,因此称三间。成年以后的雄鱼前额会隆起,形成一个红色的包。帝王三间比较好饲养,对水质不太挑剔。喜吞噬小鱼等活饵,捕食速度快,食量也很大。10厘米的帝王三间已可以吞噬整条小鱼了。不要把小龙鱼与帝王三间混养在一起,否则龙鱼会成为帝王三间的口中之物。

20. 蓝鲨

也叫虎鲨。产于东南亚一带。蓝鲨体长可以达到40厘米以上。全身蓝里透黑,有金属光泽。眼球突出,身体流线型,外观有些像鲨鱼,故而得名。蓝鲨是一种鲇鱼,但并不像其他鲇鱼一样总是匍匐于水底。蓝鲨非常活跃,在水中游来游去,喂食的时候更是蜂拥而上,需要较大的水族缸才能饲养它。

（五）几种龙鱼缸内的搭配介绍

龙鱼与其他一些鱼的搭配有几种较常见的模式，这里介绍一下仅供参考。

1. 九龙壁

这是一种很豪华的组合，由9尾龙鱼组成，非常壮观。九龙壁象征威严和富贵，也是财力的体现。在商厦、饭店、写字楼等公共场所作风水缸非常合适。

龙鱼可以是同一种龙鱼，如9尾银龙。也可以是不同种的龙鱼，这样更接近九龙壁上每尾龙都不相同的特点。但要收集各种龙鱼于一缸价格自然不菲，饲养者量力而为吧！但是最好不要有澳洲星斑龙，此鱼攻击性太强，会搅得四邻不安。9尾龙鱼的体型要接近，不然也会相互袭击。

鱼缸要求长度在2米以上，宽80厘米，高1米，这样的大型鱼缸才能容纳下9尾龙鱼正常生长。同时要有良好的循环系统和造浪器，以防止缺氧和增加龙鱼的活动量。

2. 二龙戏珠

由龙鱼和血鹦鹉配成。二龙戏珠缸是吉祥的象征，一般作为镇宅、辟邪的风水缸。

缸内养2尾体型相近的龙鱼，最好是银龙，因为美洲龙鱼较易混养。也可以是红尾金，甚至是红龙或过背金龙，但在数量上可以变成5尾，这样可以减少打斗的情况，寓意上则成为"五福捧寿"。也可以是2个不同品种的龙鱼随意组合，当然这不能包括澳洲龙鱼。血鹦鹉需要在15厘米左右，如果龙鱼小于30厘米，血鹦鹉小一些也可以，总归不要让龙鱼吃掉。血鹦鹉的品种可以选购金刚血鹦鹉，因为它体型较大。也可以用一颗心血鹦鹉，它体形较圆，更像"珠"。血鹦鹉养10尾以下，不要太多，否则会把水弄得太混，也会显得太乱太拥挤。

鱼缸长度在 1.5 米以上。血鹦鹉进食较困难，绝对抢不过龙鱼，所以喂完龙鱼以后再投放一些龙鱼不爱吃的颗粒饲料，以供血鹦鹉吃。

3. 龙飞凤舞

由龙鱼和飞凤组成，也称龙凤呈祥。龙飞凤舞缸非常带有喜庆色彩，象征夫唱妇随、百年好合，是新婚洞房很好的装饰品，也可以作为送给新人的礼物。

可以养一尾龙鱼和一尾飞凤，也可以多养一些，或多对龙凤。龙鱼最好是红龙，飞凤也最好是红飞凤，这样可以增加喜庆气氛。飞凤体长宜在 15 厘米以上。

长度 1.2 米的鱼缸即可。最好配一只红色的太阳灯，可以显得喜气洋洋。飞凤基本上是素食者，虽然也会舔食龙鱼吃剩的鱼肉，但最好还是在喂完龙鱼以后撒一些蔬菜薄片，以满足飞凤的需求。

4. 龙凤间

由龙鱼、飞凤和皇冠六间组成。天上飞龙人间飞凤，构成荫庇子孙、宅地增福的寓意。

缸内可以饲养 1 尾红龙、3～5 尾飞凤和 1～2 尾皇冠六间。除龙鱼外，其余的鱼体长不小于 15 厘米。

长度 1.2 米以上的鱼缸即可。此缸只能铺设沙石底，不能种草，因为皇冠六间会啃咬水草。皇冠六间食性很杂，龙鱼吃的食物它都可以吃，还可以吃龙鱼吃剩的残饵。每餐喂一些蔬菜薄片不仅可以给飞凤吃，还可以使皇冠六间增色。

5. 天龙地虎

由龙鱼和泰国虎组成。上层的龙鱼代表遨游天际的飞龙，下面的泰国虎藏于水底犹如伏虎，表示各自雄霸一方，悠游在自己的世界中，傲睨四方，勇猛精进。

缸内可以养一龙一虎，鱼缸长 1.2 米以上。缸底需要有沉木或花盆等隐蔽物供泰国虎栖息。

6. 大富大贵

由龙鱼、泰国虎和飞凤组成。代表"天龙、地虎、飞凤"，有祥龙献瑞、虎虎生风、万事如意、十全十美、大富大贵的意思。如果龙鱼十分优秀，自然也是身份和财力的体现。通常都是作为商家、经理人等镇宅、辟邪、招财进宝的风水缸。

缸内基本配有 1 尾龙鱼、2 尾泰国虎和 3 尾飞凤。龙鱼可以尽量养品种好一些的。泰国虎和飞凤体长都不要小于 15 厘米（除非所养的龙鱼还很小）。

长度 1.2 米以上的鱼缸就可以饲养。鱼缸里最好养一些水草，既可以为飞凤提供一些食物，也可以为泰国虎提供栖息的场所。如果不种水草就放几个没有底的花盆，也可以让泰国虎藏在里面。

泰国虎进食很谨慎，通常不爱到水面上抢食，飞凤又是素食者，因此此缸的喂食通常需要"三部曲"。第一，在水面上将龙鱼喂饱；第二，放一些小活鱼，活鱼会游到水底供泰国虎捕食；第三，撒一些蔬菜薄片供飞凤吃。这三步一定不能颠倒，如果先放活鱼，龙鱼也会捕食，而且饥饿的龙鱼捕食活鱼动作非常凶猛，很容易撞伤。而先把龙鱼喂饱，龙鱼即使再追赶活鱼，动作也是不紧不慢，充其量只是饭后的运动。

7. 福寿双全

由龙鱼和红魔鬼组成。龙鱼代表"福"，红魔鬼代表"寿"。时下很流行饲养花罗汉，花罗汉也是代表"寿"，因此现在很多是用花罗汉取代了较普通的红魔鬼。这组福寿缸既可以作风水缸，也很适合老年人饲养，还可以作贺寿的礼物。

如果养一尾金龙加上一尾出色的花罗汉是非常完美的组合，但这样价格就太昂贵了。可以从两种鱼很小的时候购买饲养，相对经济一些,但长成以后的成色如何既要靠个人的功力,也要凭一些运气。如果只是为象征性的意思,只养普通的银龙和红魔鬼也无所谓。无论养花罗汉还是红魔鬼,体型不要太小,以免被龙鱼吃掉。

鱼缸长度要求在 1.2 米以上。缸底以铺彩色鹅卵石最好,既烘托色彩,也免得红魔鬼或花罗汉刨沙挖土,使缸底坑洼不平。两种鱼都吃小鱼,而且进食也比较积极,所以比较好喂。

8. 福禄寿

这是一个很传统的组合,由龙鱼、泰国虎和红魔鬼组成,各代表"福"、"禄"、"寿"。现在红魔鬼都可以用花罗汉取代。很早以来这一组合就在我国港澳地区及东南亚一带流行,把这缸鱼摆在正厅,奉若神明,以求辟邪祈福。

缸内组合是龙鱼、泰国虎、红魔鬼(或花罗汉)各 1 尾,每种鱼的品种和成色以个人的喜好和购买能力而定。

鱼缸长度在 1.2 米以上。缸内不宜种水草,否则红魔鬼(或花罗汉)会将草拔起。只宜铺设彩色鹅卵石,并放入几个没底的花盆供泰国虎居住,也防止红魔鬼欺负泰国虎,与它抢地盘。

此缸泰国虎最弱,喂食的时候要照顾它。如果泰国虎不到水面进食,则需要先在水面将龙鱼和红魔鬼(或花罗汉)喂饱,然后多放一些小活鱼下去供泰国虎吃。活鱼要多放一些,不然泰国虎很难在龙鱼和红魔鬼的夹击下抢到一杯残羹。

9. 招财进宝

这组也是较传统的缸,由红招财和龙鱼组成。这组缸的意义无疑是求财,希望借助招财的名字招财进宝、财源滚滚。这缸通常都是买卖家作风水缸养在一进门的地方。

使用长 1.2 米以上的鱼缸。可以养 1 尾龙鱼和 1 尾红招财,如果地方够大,也可以养多尾龙鱼和招财,也有用黄金战船代替红招财的。

此缸不能种草,否则红招财会毫不客气地将草吃光。红招财也可以到水面吃小鱼,只是动作缓慢。可以给红招财喂一些含藻的颗粒饲料。此缸不能有沉底的饵料,因为没有鱼会在底部进食。除非再养一些其他的鱼帮助清理,否则只有自己麻烦捞出残饵了。

10. 龙鱼和魟

龙鱼和魟的组合虽没有什么特别好听的名字,但魟鱼有"老板鱼"的雅号,自然很多"老板"们喜欢饲养。而且龙鱼和魟鱼一个在上一个在下,空间搭配很好,因此也受到很多鱼迷们的喜爱。

养哪种龙鱼和魟鱼凭自己喜好,但魟鱼喜欢弱酸性的水,与美洲龙鱼搭配会更合适些。魟鱼中较好的是黑珍珠魟,黑底白点,十分醒目。龙鱼和魟鱼虽然是"天上地下",但有时并不能和平共处,龙鱼会骚扰魟鱼,咬它的尾巴。遇到这种情况可以再放几尾泰国鲫干扰一下龙鱼的注意力。

鱼缸长度在1.2米以上,宽度要大一些,以供魟鱼在水底游动。魟鱼喜欢藏在沙子里,因此可以在缸底铺一些细沙。

魟鱼可以吃沉底的死鱼,也可以捕捉活鱼。如果训练得好,魟鱼还可以到水面来进食,甚至在手中取食,十分有趣。

11. 龙鱼和红尾鲇

这也是一种较多采用的组合,因为空间搭配很好,红尾鲇长得又很可爱,所以很多爱龙族都采用这种搭配。

养一尾银龙和一尾红尾鲇,既经济又好养,很适合家庭饲养,是初学者学习的理想对象。水族缸长1.2米即可,对循环系统和水质要求都不高。喂活鱼或是冷冻饵料都行。

(六) 龙 鱼 风 水 谈

人们对龙鱼的爱好不仅因为其美丽的外表,很多人是把龙鱼当作镇宅辟邪的"神符"看待。在东南亚盛传龙鱼是古代神龙的化身,是"宜风水"的风水鱼。既然如此,在这里就谈谈风水。

风水之说在中国自古有之,对于中国文化影响深远。其科学性无从谈起,但作为中国悠久文化的一部分流传了下来。解放以后国内就不再谈论,只是流行于东南亚华人中及我国港澳台地区。近年来,不知为什么国内又开始讲究起风水来。在一些观赏鱼被引进的过程中,更是与风水联系在了一起。商家店铺,乃至家居住宅很多都要养一些"风水鱼"招些财气、福气。龙鱼的出现更是风水鱼的首选。风水有很多讲究,这无形中给一些龙鱼爱好者增添了一些困惑,怕这带着"风水"的龙鱼摆不好反倒破了自家的风水,也想知道这龙鱼怎么养才能"宜风水"。如果有这层顾虑,我们看看这风水鱼到底怎么养。

风水说起来长篇大论,讲究颇多,无须在此书中探讨。我们想知道的就是龙鱼应怎样养、怎样摆而已。笔者也无意宣传迷信,无非是给暗示心理较浓的人一些心理安慰而已。

1. 鱼缸形状

鱼缸的形状很多,方的、圆的、扇形的等。如果养龙鱼是希望招财聚财,则宜选择方形的。这样的鱼缸四平八稳,最宜聚财。

2. 鱼缸大小

如按风水讲,鱼缸的大小要根据房间的大小而定,如同树与根,楼高与地基一样,要成比例。鱼缸越大,盛水越多,对饲养者的风水影响越大。如果不了解风水,担心有不良的影响,就选择 1.2 米以下的鱼缸,据说对风水没什么影响。

3. 鱼缸位置

鱼缸不宜摆在客厅一进门处,人们会隔着鱼缸看到客厅中的人,如同"溺水",对人不利。但如果是餐厅则为有利,可以增加人气。现在鱼缸一般摆在底柜上,位置较高,鱼缸下面不要摆放沙发座椅,否则坐在沙发上水比头高,风水上叫"淋头水",对人不利。鱼缸的位置还与房屋的方位、主人的生肖等有关,说起来十分复杂。如果是长 1.2 米以下的鱼缸放在哪倒无所谓,长度 1.2 米以上的鱼缸讲究较多,总归避免放置在正对门口的位置,水流的方向也要向室内才好。

4. 颜色

龙鱼在亚洲地区不仅是好运的象征,不同的龙鱼也代表着不同的意义。如红龙可以招来福气和好运,金龙则可以带来理想的财运。黑色属水,水代表财,因此黑龙也可以带来财运。龙鱼的五行如果与饲养者生肖五行相匹配比较有利。龙鱼的五行分别是:

金龙——水

黑龙——水

过背金龙——金

银龙——金

红尾金龙——土

血红龙——火

珍珠龙——木

5. 数量

龙鱼饲养的数量以有"六"为好,这与龙鱼混养的条件相符。这里的数量并不包括清道夫等小型鱼。除单独饲养外,配合鱼缸的大小,混养 6、16、26 等数量的鱼只较好。

其实,风水的本意是保留好的运式,避免不好的灾祸。而和气可以保留住好的运式,所谓"家和万事兴","和气生财"。这种观念自古对中国人有着积极的影响,人们更注意保持良好的社会、家庭等人际关系,使家庭乃至社会产生和睦的气氛,这是风水观较积极的一面。《太上感应篇》中讲"福祸无门,唯人自招",意思是说人们自己的作为给自己带来了好运或是厄运。只要自己行为端正,做对他人对社会有益的事情,自然有好运相伴。如果过分迷信风水的形式,反而丧失了风水的本意。